文芸社セレクション

君、恋し

茂 清博

JN126679

文芸社

一

緑豊かな山々に囲まれた小さな田舎町にある校舎は静まり返り、ついさっきまで忙しなく鳴いていたセミの声すら聞こえなくなっていた。空にはいつの間にか灰色の厚い雲が山や町を飲み込むように広がり、午前中にはくっきりと輪郭を見せていた校舎の影は、消えるように薄くなっていた。

人影のないその校舎の生徒昇降口から不意に登場した柳田篤《やなぎたあつし》は、唇を曲げながらズボンのポケットに手を突っ込み、大股で薄緑色の軽自動車に向かって歩いた。

その後を追うように出てきた彼の母は、慌ててハンドバッグの中からスマートキーを取り出し、真っ直ぐ車に向けてドアロックを解除した。

彼女は、出発を待つ息子のイライラした様子に気がつくと、少しだけ待たせたい衝動にかられ、あえてゆっくりとドアを開けて運転席に座り、「ふう」と大きく溜息のように一呼吸ついてみせた。

二人の間には何らかの不快要素があるようで、曇天が作り出すどんよりとした空気と蒸し暑さも手伝って、首筋から汗が流れるのを感じた彼女は、シートベルトをしてエンジンスタートボタンを押した直後にエアコンのスイッチを入れた。同時にチューナーのスイッチを入れると、ＦＭラジオから二人の雰囲気とは対照的なケラケラと甲高く笑うラジオパーソナリティの声が飛び出し、車内に反響した。

『…さあ、リスナーからの質問です。クイズかな？　これは。ラジオネームサッチーさんから。Ａさんが脳腫瘍になり助かるには脳移植しかありません。その時ちょうど交通事故で亡くなったＢさんの脳を移植できることになりました。さて、無事手術が成功しＢさんの脳がＡさんに移植されました。麻酔から目覚めたこの方は、自分はＡだというのかそれともＢだというのでしょうか？……』

篤は、彼の気分にそぐわないパーソナリティの声に顔をしかめながら無言でラジオを消すと、せっかく効き始めたエアコンの涼やかな空気を外に捨てるように助手席の窓を全開にした。

隣で運転する母の、舌打ちと溜息とが一緒になったような音が聞こえてきた。

車の中ではお互い一言も話さないまま自宅に到着すると、篤はそのまま二階の自室に入り、手に握っていた『進路選択について』と書かれたプリントを机の上に放り投げてベッドに寝そべった。

篤の頭の中には、今まで何度も聞かされてきた進路を決める時期や書類の提出期限のこと、母の困惑する顔、明確な志を示さない彼に対して冷たく見放したような態度をとる担任の様子が浮かんできた。

「フン」

進学かそれとも就職かという二択を迫る学校と親に対し、明確な意思表示をしない態度を取り続けていた篤の楯突くような態度は、高校三年生になった六月まで続いていた。


「篤～、どこかから、何か届いたわよ～」

母が大きな声で呼んだ。通常は無視するか生返事だけで動かないかのどちらかなのだが、篤は母の声に飛び跳ねるように反応すると、階下まで走り下りてきた。驚いて振り返った母の手には五〇センチ四方で三センチほどの厚みのある薄いダンボール箱が握られていて、篤はその荷物をやや強引に取ると、即座に階段を駆け上がり、部屋のドアを閉めて机の上に放り投げたプリントの上にダンボール箱を置いた。『柳田篤様』と記載された宛先とネットショップ会社のロゴを見ながらミシン目に沿って開梱していくと、中から透明なプラスティック容器に入った黒い専用ケース付きのサバイバルナイフが現れた。彼は容器からナイフとケースを取り出すと、切れ味を試すようにダンボールとプラスティック容器を細かく切断しながらゴミ箱に捨てた。そしてナイフをカチッとケースに収納し、机の抽斗《ひきだし》を手前に大きくスライドさせ、その一番奥にナイフを仕舞った。机の上には切り裂いたダンボールのカスが散らばり、その下には『進路選択について』のプリントが斜めになっているのがちらりと目に入った。

六月に入り明後日の月曜日には進学するのか就職するのかを決めて、親の承認のサインが記入された書類を提出しなければならない。高校二年生になった時、どちらの進路でも選択できるように進学するという意思を伝えてはいたが、三年生になってからはその二択以外に他の選択肢はないのかと毎日インターネットで調べていた。しかし進学と就職以外には留学や個人事業主になるというもの、または起業するという選択肢を伝えているインターネットサイトが少しあるだけで、篤が興味を惹かれるその他の選択肢は何も見つからないままだった。

「ない。何も、したいことなんかない…」

何一ついい考えなど思い浮かばなかった。ずっと一人で悩み、考え、答えを探してきたが、未だに自分の将来など何も見えないまま、考える気力さえなくしていた。

しかし二日前、篤はようやく第三の選択肢があることに気がついた。

篤が住む現在の自宅は、篤が小学校に上がる直前に、父がこの場所に建てたものだった。それまで住んでいた場所との距離は一キロメートルほど離れていたが校区に変更はなく、生活環境はより便利になったようだったが、近所に住む上級生たちに問題があった。

新しい自宅の近所に住む子供たちは二歳年上かそれよりももう一、二歳年上の子供ばかりで、篤の同級生も下級生もいなかった。一人っ子の篤は、遊びに出かける度に彼らにいじめられて毎日泣きながら帰ってきた。彼らはみんな仲良しであるかのように装いながら、篤をいじめのターゲットにして遊んだ。おそらくそれが彼らにとって一番楽しい遊びだったのだろう。集団登校では前を歩く上級生が急に立ち止まり、その上級生に篤がぶつかると振り返って「ぶつかってきた」と言って篤の頭を叩いた。また同時に後ろを歩く上級生が篤を突き飛ばし、勢い余って前を歩く上級生にぶつかると、その上級生はまた振り返って篤を叩いた。毎日毎日このようなことが繰り返された。上級生たちは毎日笑い転げながら登校していた。遊びに行くと最初は仲良くビデオゲームをしているのだが、篤が有利になってくると電源を切ったり目隠ししたりしてくるのだった。そしていつも年下の篤がいじめのターゲットにされた。二年生になる頃にはこの近所に住む上級生たちとはまったく遊ばなくなったが、同時に遊ぶ場所もなくなり、外に出て遊ぶこともなくなった。

それ以降比較的平穏だった日々を過ごしていた四年生のある日、野球が大好きだった篤は、同級生たちと一緒に昼休みに体育館に集まって野球を楽しんでいた。そこに近所に住む二つ上の上級生とその仲間数人が入ってきた。その上級生たちは外野の守備につく篤に難癖をつけてきた。それは篤にとってまったく身に覚えがないもので守備についていた篤はそれを無視していた。彼らはしつこく何度もでっちあげの件で篤に謝罪を要求してきた。篤はそれを無視し続けた。すると突然上級生の一人が篤を羽交い締めにするとそのまま数人掛かりで体育館の床に押し倒した。そして両手両足を押さえつけると、手に持ったドッジボールのボールを篤の顔面目掛けて投げつけたのだ。そして何度も篤の顔面にボールを叩き込んだ。

いきなり始まったこの乱暴な行為に、同級生たちもただ唖然と見ていた。篤は痛さで泣き、自分の鼻血を見て泣いた。すると隣のクラスのサチオが走ってきてボールを構える上級生に体当たりした。

「お前ら何やってんだ。篤が一体何した！　あっちにいけコラ。先生に言うからな！」

サチオの一言で体育館の中で遊んでいた全員が一斉にその上級生たちを睨んだ。上級生たちは周囲の白い目に晒されると、身の置きどころがないことを理解し、そのまま何も言わずに体育館から出ていった。

「大丈夫か、篤。なんだよ～、あいつら、篤が一体何したっていうんだ」

サチオはそう言いながら彼を引き起こすと、体育館の隅に重ねて敷いてあるマットの上に座らせた。篤はそのまま暫く泣き続けていた。このことが彼の大きな心の傷となり彼はそれ以来野球に参加しなくなった。そしてそんな彼を誰も気に留めることはなかった。

サチオは転校生だった。いつから隣のクラスにいたのか知らなかったが、その後彼が他校へと転校して行ったことも、暫く篤は知らなかった。彼はたった一学期だけこの学校にいたようだった。みんなが『サチオ』と呼んでいた彼の苗字も、思い出せないでいた。

篤は二つ上の上級生が卒業したあと、割と落ち着いた小学校生活を過ごしたが、あの小学四年生の出来事から、知らない人と話すのも集団や団体の中に入ることも極端に苦手になっていた。中学生になると体が人一倍大きく成長したが、人見知りでおどおどキョロキョロするように、いつもビクビクと周囲を気にするようになっていた。

やがて篤にとってあの時のサチオの勇姿がたった一つの大切な思い出となっていた。

篤にとって、サチオはヒーローだった。

『またいつかどこかでサチオに会いたい』

それが篤の中学生の時に持った初めての将来の希望だった。

しかしその希望と同じくらい大きな空白が心のなかを占めた。それは、『もう誰も僕を助けてくれる者はいない』という諦めだった。そして益々サチオが誰よりも偉大なヒーローだと思うようになった。篤は孤独を好むタイプではなかったが、体の特徴や仕草をバカにされるなら同級生と仲良くする必要はないと思っていた。

中学三年生になった篤は、ある日一人で電車に乗って街に出掛け、映画を見に行ったことがあった。当然一緒に映画を見に出掛けたいと思う同級生はいなかったが、仮に誰かを誘えばみんな大げさに嫌がってみせることは容易に想像できた。そういう同級生の反応は決して見たくないものだった。

『おい、篤が映画行こうってさ。誰か行く人〜、手を挙げて！　誰もいないぞ、ワッハッハッハハー　篤〜　誰もいないってよ！』

そうなじられるのが怖かった。傷つけられる言葉を聞くのが何よりも辛かった。

『また誰かが僕の悪口を言っている』

篤は他人よりもかなり多くの嫌なことを知っていた。そのため何が自分を傷つけるのかを即座にキャッチできるアンテナを持っていた。そのアンテナに引っかかるモノを避けるようにして生きることが、篤にとっての学校生活を無事に乗り切る方法だった。

今となってはもうその時わざわざ一人で出かけるほど見たかった映画のタイトルさえ覚えていないが、進学か就職以外の第三の選択肢にたどり着いた大きな要因が、この日一人で映画を見に行ったことで起きた出来事にあった。

映画を見終えた篤は、ハンバーガーを食べながら歩いていた。普段から休日など学校外で顔見知りの同級生には遇いたくないと思っていたので、碁盤の目のようになっている街の中心街を一区画ごとに右へ左へと階段状に歩きながら駅に向かった。昭和時代までは栄えていた駅前中心地のアーケード商店街は、今では人通りの殆どない寂れた場所になってしまい、下ろされたままのシャッターのほうが圧倒的に多かった。彼はそんな寂れた街を眺めながら区画ごとに左右に曲がりながら歩き、行き当たったゲームセンター裏の駐車場に、中学生の男女数人が溜まっているのを見かけると足が止まった。

そこには他校の男女数人がいて、その中心には一人の女子生徒がおり、この一人の女子生徒を数人の男女が尋問している様子が窺えた。半分ほど齧ったハンバーガーを持つ左手がだらりと下がると、力の抜けた手からハンバーガーが地面に転がり落ちた。無意識に指が動くと、手の中で包み紙がクシャッと音を立てた。

女子生徒を取り囲んでいる一人のヤンキー女子が、その娘の髪の毛を摑んで大きな声で怒鳴った。別のヤンキー女子もその娘の髪の毛を摑んで引っ張った。すると髪の毛を摑まれた女子生徒の背後にいたヤンキー男子がその娘のお尻を蹴ると、その娘は前のめりに膝をついて倒れた。倒れた娘を取り囲むヤンキーの一人が膝をついた女子生徒を蹴ると皆次々と蹴り始めた。女子生徒が腹を肘でガードしながら体を丸くした。するとヤンキー女子が彼女の両腕を引っ張りヤンキー男子もその娘の両足を引っ張ると女子生徒をうつ伏せに倒した。そして集団で倒れたその娘を再び蹴り始めた。蹴られている女子生徒の悲鳴が聞こえてきた。

篤の頭の中に、あの時上級生に押し倒され何発もドッジボールを顔面にぶつけられた映像が鮮やかに蘇ってきた。

『クッソ〜、お前ら何やってんだ。篤が一体何した！　あっちにいけコラ〜！　先生に言うからな』

突然背後からサチオの声が聞こえた。

「サチオ?」

振り返ろうとした瞬間、サチオが体を突き抜けて走り出した感覚があった。篤はまるでサチオに押されるように走り出していた。自分の顔があの時のサチオの顔と重なりながら険しくなっていた。そして大きく鼻から息を吸った。

「クッソ〜、お前ら何やってんだ。その子が一体何した！　あっちにいけコラ〜！」

突然裏から出現した大きな男が、鬼気迫る勢いと怒鳴り声を発して走ってくる姿に、ヤンキー連中は度肝を抜かれたようだった。

「ヤバい！　逃げろ～」

誰かが叫ぶと同時に皆一目散に散らばるように走り出した。

「コラ～、お前ら～！」

篤は地面にうつ伏せになって倒れている女子生徒に近づくと背中を揺すって声をかけた。

「はあ、はあ、はあ、はあ…おい、おい、大丈夫か？」

何度か声をかけてもこの娘は反応しなかった。頭から血が流れていて、地面にも血糊が溜まっているのが見えた。篤は「ハッ！」と声を上げると、助けを呼ぼうと周りを見渡したが周囲には誰もおらず、駐車場から出てぐるりと回り込むようにしてゲームセンターの中に飛び込むと、そこの従業員に助けを求めた。

「すいません。手を貸してください。そこで、駐車場で……」

ゲームセンターの中から出てきた従業員は、駐車場に倒れている女子生徒を確認するとすぐに救急車を呼んだ。随分長い間待たされたような気がした。ようやく到着した救急車に収容された彼女は病院へと運ばれていった。同時に警察が駆けつけ、篤は三人の警察官に取り囲まれながら現場検証が始まった。そして今朝目が覚めてから今まで何時にどこで何をしていたのかという質問を何度も何度も訊かれた。

「よし、状況はわかった。それじゃあ、一緒に車に乗って。署に行ってもう少し詳しく訊くから」

篤はパトカーに乗せられると、警察署に連れて行かれ、警察署の中で事情聴取が続けられた。一七時を過ぎると「今日はとりあえずここまでだな」と取り調べている警官が言い、彼は車に乗せられて自宅まで送り届けられた。玄関先では両親が警察官と何か話をしていた。彼は黙って部屋に行くと、両親にも何も言わずにベッドの中に潜り込んだ。

翌日の月曜日の朝、学校へ行く準備をしていると玄関チャイムが鳴った。母が玄関を開けると、スーツを着た二人の男が立っていた。

「今日も一日よろしくお願いします」

「……はい」

母の声が聞こえるとダイニングテーブルで新聞を読んでいた父が「篤」と声をかけながら千円札を渡した。このお金の意味がわからなかった篤は、黙ってそれを受け取りポケットに押し込むと、その他は何にも持たずに制服姿にシューズを履いて外へと出た。二人の男は篤をグレーのセダンの後部座席に乗せると、篤を挟むようにして両端のシートに乗り込んだ。

「学校へはこちらの方から連絡しておいたから、心配ないからね」

篤は無言のまま少しだけ首を動かした。

警察署では昨日と全く同じ質問から始まった。何度も何度も、同じことを繰り返し訊かれた。それが一通り終わると再び篤が目撃したという集団のことを訊かれた。篤はその場にいた連中のことを誰も知らない上、女子生徒を取り囲んでいた集団の顔も正確な人数も覚えてはいなかったので素直にそう答えたのだが、警察はしつこく「君の言う集団はどこの中学生だった？　何人だった？　名前は？」と同じ質問を繰り返した。そして同じように、何度も、頭から血を流していた女子生徒の名前とか面識を訊かれたが、篤にはまったく不知のことで答えようがなかった。刑事たちは三人で交替しながら同じことを何十回も訊いてきた。

「水か何か……、飲み物をもらえませんか」

そう言うと「わかった」目の前にいる刑事は答えた。しかし何度繰り返し求めても、水が運ばれてくることは一度もなく、そのまま尋問が続けられた。同じことを訊かれ、同じことを話した。

「オイ！　いい加減、正直に吐けよ！　お前以外の誰かがあそこにいたという証言も、あそこに集団がいたって目撃者も～、何ひとつ、出ねーんだよ！」

一番若そうな顔の刑事が突然キレたように激昂しながら叫んだ。この時篤は初めて自分が犯人扱いされていることに気づいた。この刑事は一度キレだすとその後もずっと同じようにキレ続けた。彼は口を固く閉じた。この刑事は、自分の激しい口調に合わせるように机を叩き出した。彼はそれでも固く口を閉じているとまた別の刑事が部屋に入ってきた。

「オイ、お前よ〜、学校で嫌われているそうじゃんか。クラスのみんなは、お前が嫌いだってよ。お前〜、学校で相当評判悪いらしいな〜。バイキン扱いされて〜、クラスの生ゴミなんだってな〜」

篤はその言葉に反応するように刑事を睨みつけた。

「おう！　いいぞ〜、ようやく思い出したようだな。学校で評判悪いから〜、みんなに腹を立てていたんだろ〜？　たまたま見かけたか弱い女子中学生に恨みを被せるように殴り倒してみたら、気絶したもんだから慌てて大人を呼んだ。違うかー！」

悔しくて、目から涙が溢れてきた。泣き始めた篤を見ると、尋問していた刑事がニコッと笑って立ち上がった。

「ヤマさ〜ん、お願いしま〜す」

ヤマさんと呼ばれて登場した白髪交じりの初老の刑事は、ゆっくりと部屋に入ってきて右手を机の上に乗せると左手で篤の背中を撫で始めた。

「大丈夫、大丈夫だよ」

　刑事はそう言いながら立ったまま暫く篤の背中や肩を擦るように撫でていた。そうして机の向こう側に置かれたパイプ椅子を篤の隣に運んで腰掛けた。そして篤を両膝で挟み込むように大きく股を開いた。

「柳田篤くん、人生はいろいろ辛いものだ。私も小さい頃はずっといじめを受けていた。でもいつかきっとそんなこともなくなるんだ。いじめを受ける方もする方も、みんな成長して、いつかそれが駄目なことだと、悪いことだと気づくんだ。してしまったことはもうどうしようもないけど、これから大人になるためには、自分がした過ちをしっかりと認めて、もう一度出直すしかないんだよ。わかるね？」

　篤はこの話を聞かされた時、頭のどこかのスイッチがＯＮになったようで、人生で二度目となる大声を張り上げていた。

「だから～、何度も話したでしょー！　僕はやってない！　この声で叫んだんだ。『お前ら何やってんだ。その子が一体何した！　あっちにいけコラ～！』そう言ったんだ！　何度も言ってんだろ～、いい加減にしろよー！」

　ヤマさんは、篤の突然の大声に、虚を突かれたように目を点にしてキョトンとなったまま動かなくなった。その後すぐに別の二人の刑事が取調室に入ってくるとヤマさんを連れて三人一緒に出ていった。四〇分ほど一人で取調室に残された後、今度は制服を着た警官がやってきた。

「今日は、これで終了します。自宅まで送るから、準備して」


翌日もまた警察がやってくるのかと思ったが警察は来なかった。

篤は少しホッとして学校へ行った。しかし篤が日頃の腹いせに見ず知らずの他校の女子生徒を殴り倒したという噂は全校生徒に流れていた。その日から篤は誰にもちょっかいをかけられることも、からかわれることもなくなったが、誰一人彼と会話する者もいなくなった。教師でさえも彼を敬遠しているように感じた。まるで無言を貫き通す修行僧のように誰とも話すことのないまま中学時代の最後の時間が過ぎた。

高校に入学すると、最初のうちは初めて出会う同級生たちと普通に会話をしていたが、一ヶ月ほど過ぎた頃にはあの噂が学年中に蔓延した。篤が同級生に話しかけても逃げるように避けられた。こうしてまた無言の修行が始まった。二年生になれば進路を決める大きな決断を迫られたが、篤は何も考えることができないでいた。とりあえず進学という選択をしたが、どこの大学に何のために行くのかということが、まったく思い描けなかった。それは就職に置き換えても同じで、このまま社会人になることに大きな抵抗があった。

『進学か、それとも就職か。どうしてこんな究極の選択を迫られなければならないのだろう。こんな下らない説明しかできない高校に、何の価値もない』
　篤はその他の選択肢はないのかとインターネットを使っていろいろと検索すると、それらしく書かれたサイトがいくつかヒットした。しかしそのどれもが妙にポジティブに書かれていて、その選択の前にあるはずの『なぜ高校を卒業したら大学進学、または就職しなければならないのか？』という根本的問いに答えてくれるサイトは見つからなかった。
『そうか〜、それにいちいち答えるのって、一人ひとりの悩みに答えることと同じになるよな。だからそんなサイトはないんだな…』
　自分がした質問に自分で答えを出してしまうと、悩みに答えてくれる人が誰もいないという諦めと虚しさだけが心に残った。篤は進路の選択から意識を離すと、まったく別の選択肢を探そうと頭の中をぐるぐると回転させた。

　そうして高校三年生になり、六月になった。

「…明後日は三者面談で、それまでには進路を決めないといけない……」

　ずっと悩み続けていた篤は、やがてようやくひとつの答えを導き出すことができた。

『自殺』

　この言葉が頭に浮かんだ瞬間、『クラスの生ゴミ』と言ったあの刑事の顔が蘇ってきた。

『その生ゴミもなくなれば、全部きれいになるのかもしれない』

「自殺」

声に出してこの言葉が意味するものを思い描いてみた。

「もしかすると清々しいかも…。すっきりするな、自殺すれば。全部なくなる。全部なくなれば、悪いことは何も起きない…」


ベッドにひっくり返りながら進路に悩み続けていたことを何度も繰り返し思い出していた。そして自殺という選択肢に、妙な安堵感を覚えていた。

気づかない内に辺りは薄っすらと暗くなっていた。

「篤～、ちょっと下に下りてきてごらんよ」

一階から母の呼ぶ声が聞こえてきた。ずっと同じ体勢で寝転んで背中がしびれていたことと、ようやく第三の選択肢にたどり着いた妙な安堵感に促されるように起き上がると、背伸びをしながら制服を脱いで私服に着替え階段を下りた。

「ちょっと、こっちに来て、外に出てみなよ」

母が居間の奥にあるサンルームから庭に出るスライドドアの向こう側に立って手招きしていた。

「なに、どうしたの？」

サンダルを引っ掛けてスライドドアをくぐって庭先に出ると、自宅の前に広がる田んぼには百匹ほどのホタルが飛び交っているのが見えた。

「……、すごいな……」

西の空にはピンク色から茜色に変化する美しいグラデーションが見え、東の空には雲がなく吸い込まれそうな深い群青色の中に輝き始めた星が見えていた。リビングから差し込む光が届かない夜の帳に足を踏み入れると、たくさんのホタルの幻想的な光がよりはっきりと目に映り、言葉を失った。

「私の小さい頃の記憶では…昔はもっといっぱい飛んでいたんだけど、でも、今年はこんなにいっぱいホタルが…」

ひと月前に田植えをされてまだ背の低い稲の先についた露が、たくさんのホタルの光でキラキラと輝いていた。

不意にサチオが現れて背後に立ち肩を揺すられたような感覚を覚えると、あの時のサチオの声が聞こえた。

『大丈夫か、篤！』

篤はその声に唾を飲み込みながら二、三度軽く頷いていた。

「篤！　あんた、結局どっちにすんのよ、進学？　それともどっかに働きに出るつもりなの?」

母が突然大きな声で進路について尋ねた。

「し、進学する…」

「そう! じゃあ、今からでも、しっかり勉強しなさいよ。東京じゃ一人暮らしよ。誰もあんたのことなんか知らないから、誰もあんたの面倒なんか見てくんないわよ。しっかりしなさい!」

『誰も、僕を、知らない…………』

篤は何度も母の言った言葉を頭の中で繰り返した。

『誰も僕を知らない。誰も、僕を、知らない…そうか!……その手があった!』

篤は進学に決めたということを口に出したと同時に、第三の選択肢はいつの間にか頭の中から消えていた。そして進学の先に見えた新しい希望の種を発見した。

『そもそも根も葉もない噂から逃げることができない状況だった。中学三年生の時に起きた警察の取り調べで篤が罪に問われることはなかったが、警察が学校の同級生に事件とその容疑者が篤だということを吹聴した所為《せい》で、全校生徒から無視されることになった。事件のことなど何も知りはしないが、全校生徒から完全無視の状態は高校に入学してからもずっと続いた。もし僕を知る誰かと同じ大学に入れば、また同じように噂が広がる。でも、僕のことを誰も知らない場所に行けば、僕はまた新しい人生を発見できるかもしれない。それに、もしかしたら大学に行けば、そこでもう一度サチオに会えるかもしれない』

二

進学する決心をした篤は担任に自分の思いを伝え、決して誰かと受験する大学が被らないように少しずつ大学を絞り込んだ。進学を目指す同級生は大学に入学して何をしたいのかということよりも、少しでも偏差値の高い大学に入学することだけを目指していた。そして少しでも偏差値の高い大学に入学することこそがいちばん大事なことだと考えているようだった。篤はあまり勉強もしていなかったので、今の成績で入学できそうな大学を同級生と被らないように担任と相談しながら受験勉強を再開した。

そして翌年、篤は興亜大学の門をくぐった。

集団の中にいることが苦手な篤は、入学式や履修要綱などは居心地が悪く、無意識に周囲を見渡しながら、一九〇センチある背丈と一〇〇キロもある大きな巨体でキョロキョロソワソワしていた。そんなカリキュラムを組む作業が終わると、大学から必修科目と一般教養の時間割が送られてきた。

「来週の月曜日、四月一六日から授業が始まる…」

新入生の最初の授業はみんな真面目に出席するので、教室に入るのが遅ければ空いている座席は最前列しか残っていない。授業開始直前に教室に入ってきて、空いている座席はないかと慌てふためくように探す篤の挙動不審な様子を、どこかの不良崩れのような連中は見逃さなかった。休み時間に彼らとすれ違うと彼らが篤を見て笑い、体の特徴や仕草をバカにする声が聞こえるようになった。篤は再び怯え始めていた。

ある日学食で人目を避けるように選んだ一番奥の端の空いたスペースに座ってランチを食べていると、あの不良崩れの連中が近づいてきた。

「お～い、せっかくここ空いていると思ったら、誰かいやがるぜ」

「でっけえ体して何だよ、あのおどおどした顔」

「団体様が来ても席を譲るっていうマナーもないらしいな」

連中は篤の席を取り囲むように座ると文句や嫌味のようなことを言い始めた。

「普通、どこかの店でも一人客が団体用テーブルにいたら、『どうぞ』って言ってカウンター席に移るよな～？」

「俺、今見ているこの光景が信じられないんだけど」

「一体どんな神経してんだろ」

「そういえば履修要綱の説明の時も、変なヤツがいなかったっけ？」

「いたいた、俺も見た。妙に体がでかいくせにおどおどしながら大汗かいているやっ」

「そうそいつだ。しかもその顔、まるで迷子になったガキみたいに、今にも泣きそうな顔して、ようやく最前列に座ったよな～？　あれでも本当に大学生かよ。情けねーな」

「履修要綱だけじゃなく、授業中も同じ顔でキョロキョロしてやがんだよ。そんなの普通は気にならないけど、でかい体してそれされちゃったら目立ってしょうがないじゃん。気になって授業に集中できないんだよね～」

「そいつに授業料支払ってもらわなきゃ合わなくない？」

「そうだな～、ハッハッハッハー」

連中は、篤がその場から逃げられないように椅子で取り囲むと大声で篤を侮蔑し始めた。


「ちょっといい？　さっきから聞いてりゃ、一人客は団体客に席を譲るべきだとか、他人の容姿についてあれこれ言っているけど、あんたらも周り見なさいよ！　座る場所の空きを探してトレー持っている人が何人もいるのに、なんであんたら隣の椅子に自分の荷物置いてんのよ！　あんたらの自分勝手な馬鹿な主張、周りのみんなが聞いて呆れてるわよ！　あんたらだけで空いている五つの椅子に荷物置いてんのよ！」

突然現れた威勢のいい女子大生の的を射た発言に、学食にいるみんなが『そうだそうだ』と言わんばかりの視線で不良崩れたちを見ていた。

「人の容姿をどうこう言う前に、あんたのそのセンスのない真緑色の髪の毛、見ていて気持ち悪いわ。鏡見たことある？　貸しましょうか？　か・が・み」

彼女の堂々とした態度と不良崩れたちを見事に模写する表現に学食がドッと沸いた。突然態勢が不利になった連中は逃げるように学食から立ち去った。彼女はトレーを持ったまま、空席を探している数人に手招きして周りに呼び寄せると篤の前にトレーを置いて椅子に腰掛けた。

「ごめんね。騒いだりして」

篤は黙って首を横に振った。

「ああいうの、私が最も嫌いなタイプだわ」

彼女は不機嫌そうにスプーンにカレーを掬って口に運んだ。

「大学にもああいうのがいるのね。アイツら社会人になっても同じことするのかな？　バカみたい」

彼女は篤に向かって独り言のようにしゃべると、彼のランチをじっと見つめた。

「今日の日替わりランチも美味しそうね。私もそれにしたかったんだけど～、もう売り切れてたの。次は端然《ちゃん》と日替わりランチにありつきたいわ。金曜の二時限目が長いのよ～。だから毎週金曜日はカレーになってしまうのね。横須賀の海上自衛隊みたいね、フフフ…」

彼女はそう言いながらカレーをペロッと食べ終えて「じゃ、またね」そう言って学食から消えた。篤は彼女が喋っている間殆ど手を動かさずに彼女の話を聞いていた。彼は彼女が消えたあと、まだトレーの中に食べ終えていない日替わりランチがあるのを思い出したようにゆっくりと食べ始めた。

篤は翌週の月曜日も学食の隅っこに腰掛けてひとりで日替わりランチを食べていると、またあの彼女がやってきた。

「おはよう！」

「あっ、どうも」

「今日も一人？　私もだけどね」

そう言うと彼女はトレーに入った日替わりランチを自慢気に見せつけるように食べ始めた。

「やっぱりこれがコスパナンバーワンね！」

「味も、悪くないと思うけど…」

そう言った瞬間、篤は家族以外で話した同級生との最後の会話を思い出そうとした。しかしどこまで遡っても記憶は蘇ってこなかった。中学の卒業式でも高校の卒業式でも誰とも言葉を交わさなかった。そんなつまらない思い出だけが脳裏をかすめるように浮かび上がってきた。

「ねえ、あなた、名前は？　私は有村《ありむら》、有村未夢《みう》」

「ぼく、僕は柳田篤」

彼女は大きな笑顔を作ると「ありがとう」と言った。篤には彼女の言った『ありがとう』が何を意味したのかがよくわからなかった。もしかしたら単に聞き間違えたのかもしれないと思った。『ありがとう』では会話が成立しない。篤は「えっ？」と、時間差で聞き返したが彼女は篤の言葉が聞こえなかったように別の話を始めた。

「私、入学してね、先週の金曜日に初めて誰かと話したの。それがあの大声だったなんて…」

「えっ？　嘘…」

「ねえ、それより私たち二度も一緒にランチ食べたよね。私たち友達になった？」

彼女のあっけらかんとした雰囲気に飲み込まれるように篤は首を縦に振って答えた。頭の中に『ともだち』という死語に近い馴染みのないフレーズがこだました。

『ともだち・ともだち・ともだち…』

どこか懐かしい響きを持つこの言葉に、篤はずっと昔から憧れていた何かをぼんやりと思い出すように『ともだち』と頭の中で繰り返した。ゆっくりとサチオの顔が頭に浮かんできた。

『サチオがあのまま転校しないでいてくれたら、僕の人生はもう少し違うものになっていたかもしれない。結局あの時以外サチオと話したことはなく、彼は知らない間にどこかに転校していった』

篤にとってこの『友達』という言葉は、叶わぬ夢のような言葉だった。

『友達・ともだち・トモダチ、どのように書いても美しい響きを持つ言葉だ』

ずっと、ずっと探していた宝物のような言葉が、今この瞬間目の前に提示されたようだった。

それから二人は毎日学食でランチを楽しんだ。不思議なことにあの不良崩れたちはあれ以来まったく見かけなくなった。学生の多くはアルバイトで生計を立てている。もしかしたら連中も授業よりアルバイトの方が忙しいのかもしれない。

彼女の登場で暗雲が漂い始めた大学生活の危機を脱することができた。それと同時に篤は教室やキャンパスなどで、同級生と会話することができるようになっていた。

三

入学してからあっと言う間に一ヶ月が経とうとしていた。ある日篤は自転車に乗って東小金井駅近くにあるアパートへ帰る途中、後ろから走ってきたトラックに撥ねられた。病院で目が覚めて驚いたのは、実に事故から三日間も意識不明だったと聞かされたことだった。トラックに撥ねられた事故の記憶はまったくなかった。

「…どう具合は？」

目覚めてはまたすぐ眠るというのを数回繰り返しながら、ようやく三日目に意識がはっきりしてくると、ベッドの隣に置かれたパイプ椅子に腰掛けている有村の姿が見えた。

「あれっ、…有村？……何してるの？」

「良かった〜、気がついて。君が交通事故にあって救急車で運ばれたって、夜のニュースに流れていたのよ。『一八歳の大学生柳田篤さんが交通事故で意識不明の重体』って言ってたわよ。びっくりしちゃったわ。トラック運転手の脇見運転だって。

私、慌てて一一九番で入院先を聞いたのよ。病院ではICUに入っていて面会謝絶。翌日も意識は戻らず。そして今日ようやく意識が戻ったのよ。一時はどうなるかと心配したわ。どこか痛いとか不都合なところとかないの？　大丈夫？　これちゃんと見える？」

有村はそう言うと篤の顔の前で手を振ってみせた。

「うん、今のところ手足も動くし頭も正常なようだし、逆に体が軽くなった気がする」

「そう、それじゃあ回復も、きっと早いわね」

三日間も意識がなかったとは信じられないことだったが、体も打撲程度の怪我で済み、一〇日で退院することができた。一〇日間も寝たきりでおまけにお粥ばかりの病院食のお陰で、一〇〇キロあった体重が七五キロにまでに落ちていた。太って大きいという体型からひょろ長い体型に変わった。体が軽くなったことが影響しているのか、体中からパワーが漲ってくるようだった。

「よ～し、なまった体を鍛えなおそう！」

有村に体の中から力が湧いてくるようだと話すと、彼女は「リハビリを兼ねたトレーニングを始めるぞー」と拳を突き上げて意気込んだ。そして二人で放課後や休日を利用して近くにある小金井公園でトレーニングを始めた。

「まずは走ることから」

有村はそう言うと篤の背中を押すように二人でジョギングをスタートさせた。二日目には走るのにも慣れ、三日目からはスピードアップして走った。有村が「ついていけな～い」と言って途中で走るのをやめると、今度は篤の走るタイムを計り始めた。距離を計測して一五〇〇メートルを中心に一〇〇メートルの短距離まで、プランニングした陸上部のようなトレーニングが始まった。有村は陸上部のマネージャーさながらに篤の走りに注文をつけながら、彼の肉体改造マネジメントを開始した。

日曜日の気持ちよく晴れた小金井公園は家族連れなどで賑わっていた。二人はいつものように走り込み、インターバルで一息ついていると、キャッチボールを取り損ねた軟球が有村の足元に転がってきた。彼女はそれを拾うと篤に渡した。

「私じゃ届かないから、君に任せた」

篤は受け取った軟球をじっと見ながら握りしめると「懐かしいなあ」と呟くと、五〇メートル以上離れた先でグローブをこちらに見せてボールの返球を待つ男性のキャッチボール相手に向かって、イチロー選手さながらのレーザービームでボールを返球した。『パシーン』と大きく響く音に、キャッチボールをしていた二人は驚きの表情を浮かべた。

「野球やってたの？」

不思議そうに聞く有村に、「いや」とひとこと否定の言葉を返し、そして少し間を置いて「ずっと昔…諦めた」とボソッと付け加えた。同時に、学校で毎年行う体力測定のボール投げだけが、唯一誰よりも成績が良かったことを思い出した。

五月の最終日曜日、この日は大学の体育祭が行われる日だった。体育の授業の出席稼ぎと成績にも加算されることで、二人は東京都西多摩郡にあるグラウンドで開催される体育祭に参加した。応援席では体育会の様々な部活動の団体が旗を掲げて応援していた。体育祭は色分けや団体枠の競争ではなく、すべて個人戦で行われた。篤は一〇〇メートル走と四〇〇メートル走、一五〇〇メートル走の三種目にエントリーし、有村は一〇〇メートル走と二〇〇メートル走にエントリーした。

それぞれの競技の三位までに入れば豪華な景品がもらえるので、その場でエントリー可能なムカデ競走などの種目にも積極的に参加しながら体育祭を楽しんだ。

篤は高校までスポーツはおろか運動らしい運動などしたことがなかったが、入院による思わぬ減量と有村と一緒にした一ヶ月間のトレーニングのお陰で、随分体が動くようになっていた。そのため一〇〇メートル走と四〇〇メートル走はいずれも一位でゴールすると、全体のタイムでも野球部やその他の運動部を差し置いて一位で総合優勝した。サッカー部や野球部の選手たちは、体育会にも入っていない無名の一般学生が優勝することなど考えられないと言って悔しい表情を滲ませいた。

しかし一五〇〇メートル走では陸上部が表彰台を七位まで独占した。興亜大学の陸上部は箱根駅伝を目指して組織されており、名前は陸上部だったが部員はすべて駅伝選手だった。箱根駅伝に向けてのトレーニングは伊達ではなく、実業団並みの選手たちが揃っていた。しかし篤はこの一五〇〇メートル走でも八位に入った。有村は一〇〇メートル走で三位に入り景品を手にして大喜びしていた。

大いに盛り上がった体育祭も一五時になるとすべての競技が終了した。一〇〇メートル走と四〇〇メートル走で総合優勝した篤のもとに、サッカー部が勧誘をかけてきた。

「……僕は足でボールを蹴るのはまったく苦手でダメなんです。ですので…」

思わぬ勧誘から逃げるのに時間を取られ、帰り支度が遅れた二人は、ようやく更衣室までたどり着いた。着替え終えた篤が待ち合わせ場所で有村を待っていると、グラウンドの向こうでは野球部員らが出てきて練習をし始めた。ようやく着替えが終わって篤のところに駆け寄ってきた有村の足元に、ボールが転がってきた。有村がボールを拾い上げて篤に手渡した。

「これは、君に任せた！」

篤はボールを受け取ると「これが硬球か〜　初めて触った…」と呟きながら返球先を探したが誰一人こちらを見ていなかったのでバックネットフェンス目掛けて思いっきりボールを投げた。ボールはまっすぐ一直線のレーザービームの軌跡を描き、バックネットフェンスに突き刺さった。

カッシャーン

遠投した距離は軽く一〇〇メートルを超えていた。グランドにいた野球部員全員の視線が篤に向けられた。

興亜大学硬式野球部の優勝と箱根駅伝の優勝は、大学の経営戦略で最も力を入れていることのひとつだった。興亜大学は全国優勝の実績のある強豪校で、毎年何人もの選手がプロ野球のドラフト会議で指名されていた。野球部員はグラウンドに併設されたセミナーハウスの隣にある専用の寮で、全寮制の合宿生活を送っていた。シーズン中の部員たちは大学の授業には参加しない。逆に教授が夜に寮までやってきて授業を行う待遇ぶりだった。また、高校時代に甲子園などで活躍した選手たちをスカウトして学費免除で入部させるケースもあり、それ故入学式直後から始まる部活動への勧誘などは一切なく、一般の学生と顔を合わせることもないまま、日の出町にある寮に寝泊まりしながら野球漬けの生活を送っていた。このことから途中から入部するケースなど今まではなかった。しかし完全ノーマークで無名の一般学生に、体育祭の一〇〇メートル走と四〇〇メートル走で野球部のお株を奪われ、そしてこの遠投を見せられれば、野球部として篤を勧誘することは自然の流れだった。しかし篤はサッカー部同様入部を固辞した。生まれてから今までずっとスポーツも運動もしてこなかったのだ。しかし野球部の勧誘はサッカー部のそれとは比較にならないほど強引でしつこかった。彼は学食で頭を抱えながら有村に相談した。

「どう思う？　僕が野球部でやっていけると思う？　いい加減つきまとうのやめてほしいよ」

「あら、どうしてそんなに意地になるほど拒否するの？」

「だって、今まで何もしてこなかったんだよ。できるわけないじゃん」

「そうかしら？」

「悩むまでもないよ。体育祭でのことはたまたまです。た・ま・た・ま」

「ねえ、そういえばさあ、篤はどうして大学に進学しようと思ったの？」

「えっ？……」

思いがけない有村の質問に、篤の脳裏に庭先の田んぼに光るホタルの光景が一瞬浮かんだ。そのホタルでいっぱいの田んぼの光景にゆっくりとサチオの顔が重なった。

「どうして?」

もう一度聞く有村に、篤は重い口を開くと、いじめられていた小学校時代の話とその時助けてくれたサチオのことを彼女に打ち明けた。

「ふ〜ん、そのサチオくんが篤のヒーローなんだね。素敵じゃない、その話。今、サチオくんはどこで何してんの?」

「わからないんだ。どこかに引っ越して行って、それっきりだよ。居場所もわからない。SNSでもヒットしないんだ」

「でも、彼に会えるかもしれないと思って、大学に来たわけでしょ? 彼は興亜大学にはいなかった。でももしかしたら、彼もどこかの大学で大好きな野球、しているかもね」

「えっ?」

「だって、もしホタルがいなくてその時彼の顔が浮かばなかったら、君はどこかに就職していたんでしょ? もしそうなれば、どこか遠くへ引っ越した彼とは、再び出会う機会はほぼなくなってたんじゃない。同じ大学にはいないことがわかったら、今度は出会うチャンスを広げる努力をすればいいんじゃないかしら」

「出会うチャンスを広げる?」

「そう、彼も野球が好きだったなら、仮に野球をしていなくても、野球の記事が新聞に出れば、それをどこかで見るんじゃないかしら？」

「つまり？……」

「もし君が野球部に入って、対戦相手にサチオくんがいるかも知れないし、いなくても野球部が優勝すれば～、スポーツ新聞にでかでかと載って、きっとサチオくんにも届くんじゃないかしら？」

『サチオが……僕の姿を見る……サチオに…、会えるかもしれない…』


キンコンカンコ～ン…

昼休みが終わるチャイムが鳴った。二人は立ち上がるとトレーを持って返却口に向かって歩き出した。そして前を歩く有村に向かって話した。

「さっきの有村の言葉……正直、胸が熱くなった。確かにチャレンジする機会があって、それが僕の目的と合致するのであれば、怖いけど、その価値はあるのかもしれない。怖いけど、少しだけその気になったよ。もう一度言うけど、怖い。でもこの怖さを克服するにはもう一つだけ野球部に入部するための条件を出したいんだ」

「なに、条件って？」

「有村、君にマネージャーをしてほしいんだ。僕は、また一人になるのが怖いんだ」

篤は東小金井市にあるアパートを出て野球部の寮に引っ越すことになった。勧誘に来た人に「入部の条件として有村をマネージャーにしてほしい」と頼んだら「年中募集しているのでちょうど都合がよかった。一度に二人もスカウトできたよ！」とふたつ返事で了解の言葉が返ってきた。

「せっかく大学に来たんだったら、ここでしか出会えないチャンスは大切にしなきゃね」

篤は、有村が『マネージャーなんかしない』と言うと思ったが、有村が同意する意思を示したことで、この恐ろしいプロ集団の中に飛び込む覚悟を決めなければならなくなってしまった。

「よっし！」

気合いを入れ腹筋に力を込めた時、サチオの笑顔が頭をよぎった。

四

六月中旬、野球部へ入部することになった篤は、野球部の寮で生活することになった。野球部員は総勢一〇〇名近くおり全員『日の出寮』で生活をしている。マネージャーは男女合わせて一二名いて、基本的にマネージャーの住む場所は自由だったが、主務とその他数名の男子マネージャーが部員たちと一緒に寮生活をしていた。その他のマネージャーが武蔵引田駅そばにある大学指定のアパートで生活する場合は、アパート代が野球部持ちになる特典が付いていた。

篤は近所の床屋に行って頭を丸刈りにしたあと、レンタカーを借りて東小金井のアパートを引き払い、続けて有村の住む三鷹市のアパートに行って彼女の荷物を車に積み込んだ。有村は丸刈りにした篤の頭を凝視しながら部屋の荷物をレンタカーに運び入れた。

「とうとう野球部員になったのね」

助手席に乗った有村が篤の頭部をしげしげと見つめながら独り言のように呟いたが、

篤は夏前の湿気が漂う時期にさっぱりと刈り込んだこのヘアースタイルを気に入っていた。

「頭が軽くて気持ちいいよ。荷物、たったこれだけ？」

彼は丸刈りにした自分のヘアースタイルよりも有村の荷物の少なさに関心を寄せた。

「そうよ、私はあまり荷物が多いほうじゃないの。それに、入学で引っ越してきたばかりだから」

「ふ〜ん、そうなんだ……、じゃあ、行こうか」


篤はレンタカーを運転して東八道路を西に向かって進み、新府中街道に出て南に向かい甲州街道へ、そして新奥多摩街道から拝島へ約一時間半かけて武蔵引田駅そばにあるアパート『カーサ日の出』に到着した。レンタカーの荷台から数箱のダンボールとその他小物類が入った箱を取り出すと有村の部屋に運び入れた。

「三鷹のアパートと比べると広いし日当たりも良くて、なかなかいいじゃない」

「そうね。思ったよりも広くてきれいで、家賃も無料《ただ》だし。でも大学に通うのに少し時間がかかるわね」

「そうだな……マネージャーになれって言ったけど、ここからじゃあ、ちょっと大変だな。なんだか悪いことしちゃったな〜」

「平気、平気よ。そんな心配ご無用よ。それよりそっちの荷物、早く運ぼうよ」

「ああ、僕の荷物も大したことないから、一人で行ってくるよ。有村は自分の荷物を整理しながら待っててよ」


レンタカーを運転して寮に向かう途中、野球部のグラウンドが見えてくるよりも先に、まるで吶喊《とっかん》するような叫び声が響き渡ってきた。走る車の中から覗き見た野球部の練習風景は、順番にノックを受ける野球部員たちの姿と応援部並みの大声を張り上げる姿で、篤はその光景に一瞬で圧倒された。練習風景を横目に寮に到着すると、車から荷物を出して玄関脇に積み上げた。

「こんにちは〜。どなたかいらっしゃいますか？」

「は〜い」

奥から男性の返事が聞こえると、パタパタ走りながらジャージ姿で坊主刈りの男性が玄関口にやってきた。

「あの〜、柳田と申しますが〜」

「ハイハイ、お待ちしておりました。今日から我が野球部に入部された柳田篤さんですね」

男性はかなりの早口でしゃべった。

「はい、よろしくお願いします」

篤がまだぜんぶ言い終わらないうちに、この男性は恐ろしく早口で「よろしくお願いします」と言った瞬間、ものすごい速さで篤に向かって最敬礼した。

人形みたいな直線的な動きをする彼を見てキョトンとしていると、「荷物はまだありますか？」と聞かれたので「いえ、これだけです」そう答えた瞬間、彼はダンボールを二つ積み重ねて持ち上げると「ついてきてください」と言って歩き出した。篤も慌ててダンボールを二つ積み重ねて持ち上げると彼の後を追いかけた。

「一年生は基本的に二年生と同部屋です。柳田さんと同部屋の二年生は佐藤樹《いつき》くんという我が野球部で一番ユニークな人物です。一九時頃に練習が終わるのでその後この部屋で挨拶すればいいでしょう。もしかしたら夕食時に自己紹介の時間があるかもしれないので……、そうだ、今日は夕食までには戻ってこられますか？　もちろん柳田さんの夕食はこちらで準備しているのですが…」

「ハイ。夕食までには戻ってきます」

「荷物の開梱は、その後寮室で、佐藤くんの指示で行ってください」

彼はそこまで言って去ろうとしたので、「あの～」と言うと、「失礼しました。私はマネージャー主務をしております三年生の辻直《つじなお》人《と》です。マネージャーなので練習には参加しませんが、野球部全般の運営のお手伝いをしています。よろしくお願いします」

　辻は『よろしくお願いします』を早口のようにしゃべると先程と同じように素早い最敬礼をして去っていった。

　篤は残りの荷物を全部寮室へ運ぶと、レンタカーに乗り込み、野球部の練習風景を横目で見ながらカーサ日の出へ向かった。


「有村～、どう～？　捗《はかど》ってる？」

「うん、あまり荷物もないから。あと一五分もあれば終わるかな。そっちはどうだった？」

「ああ、なんか今になってドキドキしてきたよ。あの練習風景見たら」

「まあ、まだ始まってもないわよ。頑張って！」

「今日の夕食から寮で食べるみたいなんだ」

「あら、私もさっきマネージャーさんから連絡があって、夕食は寮で準備してるって」

「そうなんだ。それじゃあ…遅刻したらまずいから、すぐにレンタカーを返しに行ってくるよ」

夕食のいい匂いが立ち込める食堂で、二人はマネージャーの指示に従い、部員たちが来るのを背筋を伸ばして待っていた。

「失礼します！」

大きな声と同時にクイック最敬礼をして次々と部員たちが食堂へと入ってきた。そして各々席に着くと無言のまま全員が揃うのを待った。最後に監督がやってくると辻が「起立」と大きな掛け声をかけ「お疲れさまです」という合図とともに全員一緒に「お疲れさまです」と言って着席した。

「新入部員の紹介」

監督の呟くような号令で、辻が食堂の中央のスペースに駆け足で移動すると、大きな声で司会を始めた。

「今日から一名、我が興亜大学硬式野球部に、そしてもう一名、女子マネージャーに入部する者を紹介します」

篤は固唾を飲み込むとそろそろと前に出てきた。そして大きく息を吸って真っ赤な顔をしながら大きな声を張り上げた。

「柳田篤です。よろしくお願いしま～す」

同時に部員全員がすっと立ち上がり、声を揃えるように「よろしくお願いします」とクイック最敬礼をした。有村もまた同じように挨拶すると部員たちも同じように返事を返した。

監督が、「飯《めし》」と一言いうと、四年生が立ち上がり順番にそれぞれトレーを持って、きれいに並べられているおかずやご飯を取って席についた。そして三年生が同じようにして、二年生、一年生の順番に料理の入ったお皿をトレーに入れた。辻は二人に食堂での作法を説明しながらみんなと同じように食事の列に着くと、「今日は私たち三人で食べましょう」と言って空いている席に誘導した。

「いただきます！」

掛け声と同時にみんな一斉に食事を食べ始めた。篤はお寺の坊主並みに無言で食べるのかなと想像したが、みんなわいわいがやがや騒ぎながら楽しそうに食事を食べる姿を見ると、少しだけ気持ちに余裕が生まれたように感じた。

「柳田くんはどこの高校野球部出身？」

「いえ、あの～、僕、野球は……あの～、実は、野球の経験がないんです」

辻はかき込んだご飯が口から出るほど大きく目を見開いて驚いた。篤は申し訳なさそうに下を向きながらロースカツを箸で突《つつ》き、有村はそんなことは一切気にすることもなく、かなりボリュームある食事を一心不乱にガツガツと食べていた。

食事が終わると食べ終えた者から順番に食堂を出て行くのだが、ここでも一人ひとり「今日も美味しくいただきました。ありがとうございました」と大きな声でお礼を言いながら、あのクイック最敬礼をして食堂から出ていった。

辻は二人に対し先輩と同じ所作をするように指導した。

「後は同室の佐藤くんから指示があるからそれに従って」

そして有村にはマネージャーの仕事の概要説明を始めた。篤は有村に軽く目で合図し、辻に一礼してから寮室へ向かった。


寮室のドアを開けた篤は中に三人の先輩たちがいる姿を見て少し驚いた。三人は寮室のドアの方を向いて正座をしながら篤が戻って来るのを待っていたようだった。言葉を飲み込んだように三人を見ていると真ん中に座る先輩が口を開いた。

「ようこそ、興亜大学野球部へ。私は柳田くんと同室になる二年生、佐藤樹といいます」

そして佐藤は右隣に座る先輩に掌を上に向けて指し示し「こちらが四年生のキャプテン猪瀬《いのせ》肇《はじめ》先輩、そしてこちらが三年生の伊藤優太《いとうゆうた》先輩です」

「柳田篤と申します」

自己紹介が終わると先輩方は足を崩して軽い雑談を始めた。

「……それじゃあ、頑張ってくれ」

「よろしくな、いくつか厳しい規則があるけど、佐藤からよく聞いてくれ」

　二人の先輩が去ったあと、荷物のダンボールもそのままにその場に正座したままで佐藤からたくさんの規則を教えられた。しかし口頭で説明された規則はうまく頭にイメージすることができなかった。篤はろくに理解できないまま「はい」とわかったような返事を繰り返していた。起床時間は七時だったが、一年生の起床時間は六時半となっているようで、そこでまた改めて同学年から何をするのか聞くことになった。途中で足を崩させてもらったが、佐藤からの説明をたっぷり一時間以上受けたあと、ようやくダンボールを開梱して服などの私物を備え付けのロッカーに仕舞うと早々と布団の中に入った。


　翌朝、同学年からゴミの出し方や洗い場に残ったコップなどの食器の片付け、敷地内の出入り口にある受付の郵便ボックスから新聞を取りに行くなどの雑用を教えられた。みんなの話によると野球部に関するすべての所作や規律に関しての指揮官は監督であり、規則を破ったことが監督に見つかれば叱られるのは四年生で、四年生が三年生を叱り三年生が二年生を叱る。そして二年生が対象の一年生を直接叱るというシステムとなっているようだった。つまり、下ができないのは上が悪いという考え方だった。その他学年単位での連帯責任など細かい分け方で、連帯責任という名のペナルティがあると教えられた。

七時の朝礼は全員食堂に集合して行われた。前列は四年生、次に三年生と順番に並び、主務の辻が誰か一名を指名する。指名されたものはダッシュで前に立ち、大きな声で『部訓』なるものを独唱させられるのだった。

辻がすっと前に立ち、「おはよー、佐藤」と言うと、佐藤は間髪入れずに「はい」と返事をしてダッシュで前に出てきた。

「失礼します。『部訓!』一つ、学生の本分を尽くすこと。一つ、礼節を重んずること。一つ、努力の精神を養うこと。一つ、血気の勇を戒めること。一つ、先輩の命を重んずること。『野球部教旨《きょうし》!』極めて意義ある野球部を目指し、同義に基づく深遠なる理想を掲げ、努力精進する。我々は高邁《こうまい》なる品性、高貴なる人格を身につけるべく野球道を教育の一方法として選び、熱意を持って成し遂げる。以上です、失礼します」

佐藤はそう大きな声で宣誓するように独唱するとクイック最敬礼をして列に戻った。

「あの部訓、嚙むとヤキだから気をつけろ」

隣に立つ同級生がそっと教えてくれた。

その後朝食を食べて練習着に着替えると、八時から全員でグラウンド整備が始まった。篤は野球部に所属した経験がなくグローブさえ持っていなかったが、先輩のお古を分けてもらい練習着やスパイクなど必要なものは既に準備されていた。佐藤は常に篤と一緒に行動しなければならないようで、ひとつひとつ丁寧に野球部のしきたりという名の規則を説明指導した。

「興亜大学のグラウンド整備は、あの甲子園園芸よりすごいって言われてるんだ」

「すごくきれいですよね。僕も正直驚きました」

「グラウンド整備は毎日の日課だけど、練習メニューは毎日同じではなく天気によっても変わるし、季節によっても変わる。でも一番変わるのは…、監督の気分だな……、特に試合に負けた時は～……」

準備体操は野球部の伝統的な創作体操で、手先の角度やかがむ角度を「全員ピッタリと合わせろ」と監督に怒鳴られながら、何度も同じ箇所をやり直しさせられた。まるでアイドルグループのダンスのように「合わせろ～！」と選手全員が監督からダメ出しをされた。その後は走り込みとサーキットトレーニングが始まった。

走り込みにもたくさんの種類があるようでこの日は一五〇〇メートル走を一〇本走らされた。走るのは篤の得意分野で、有村と一緒にトレーニングしたことが功を成し、毎回誰よりも早くゴールした。

サーキットトレーニングには別名が付けられていた。『やりがい』と呼ばれるその言葉通り、やりがいのあるハードなトレーニングだった。これも一五〇〇メートル走同様、全体練習として行われるもので、手押し車、肩車、ぴょんぴょん（手を頭の後ろに組み両膝と両足を付けて前に飛ぶウサギ跳びのようなもの）、自分の足首を掴んで走るアヒル、カエル跳びと呼ばれるスクワットジャンプ（これには浅く、中くらい、深くの三種類ある）、これらをグラウンドではなく体育祭で使用した陸上トラックで行った。

一〇〇名の部員が全員これを行うので、これだけで午前中が終わってしまう。一二時に午前中の練習が終わり、昼食後は一三時から練習が始まった。

午後からの練習は軽いキャッチボールから始まった。二人一組になり一〇メートルくらいからはじめ、徐々にお互い距離を離しながらキャッチボールで肩を慣らしていく。篤は佐藤と一緒にキャッチボールを始めた。

パーン
「柳田〜、体育祭の時お前が投げたのを見て、ちょっとびっくりしたんだけどさ〜、お前、本当に野球部に入って野球した経験がないの？」

パーン

「はい、運動部に入るのも初めてで～す」
パーン
「うそー」
パーン
「ホントで～す」
パーン
「よ～し、少し距離伸ばすぞー」
パーン
「もっと離れていいですか？」
パーン
「えっ、これ以上いくの？」
佐藤の心配をよそに、篤は一〇〇メートルの距離をとると、佐藤目掛けて強めのボールを送球した。
パシーン
佐藤の口が大きく開いた。他の選手たちも篤の遠投を横目で見ていた。
「肩強いなー。プロ以上だな。よしわかった。問題は……」

佐藤はそう言うと監督の元に行き別メニューの指示を依頼した。しかし監督は佐藤の依頼に首を横に振って答えた。

「みんなと一緒だ。みんなと同じメニューだ、バカヤロー。何言ってんだ、みんなと同じようにできなきゃダメだろー」

この日の午後はバッティング練習から始まった。投げるのはもちろんピッチャーで、力を抜いて打たせるように投げるのだが、この打たせるように投げたボールを打ち損ねると守りについている野手全員から大声で野次られる。そして即バッター交代となるのだった。バッターが打ったボールは野手全員が必死で追いかける。少しでも気の抜いたプレーを見せると監督が怒鳴りつけた。

「おい！　お前〜、どこ見てんだ、バカヤロー！　交代！　外周走ってこい！」

ペナルティはグラウンドの外周約四〇〇メートルを全力で走らなければならない。この走りに手を抜けばさらにもう一周追加させられた。このように入れ替わりながらバッティング練習が続いた。野手は「さあこい」「思い切っていけー」などとずっと声を出しっぱなしで叫び続けていた。

篤はバッティングを殆どしたことがなかったので、最初の頃はなかなかボールに当たらなかったが、毎日怒鳴られ野次られながら次第にコツを掴むと、ストレートのボールに対してはしっかりバットに当てて打ち抜くことができるようになった。『これに変化球やチェンジアップなどが組み合わさることでタイミングが合わなくなるのか～』

篤はバッティングの難しさというものを身に沁みるように感じた。

バッティング練習後にはシートノックが始まった。興亜大学野球部のシートノックは次々にノックが繰り出され、プレーする野手同士の、目が回るような連続した動きは見ているほうも圧倒される。

まずフェアグラウンドの外側に一旦集合するのだが、そこにはキャッチャー三名、ファースト三名、セカンド三名、ショート三名、サード三名、そしてライト六名、センター六名、レフト六名がそれぞれ一まとまりとなって守備位置まで一斉にダッシュする。位置につくとすべての野手がノックする監督を見て「ワー、ワー、ワー」と動物が威嚇するように腹の底から大声で叫んだ。

「大声を出すことで阿呆になれる。阿呆になると無心になれる。元気のなかった者も落ち込んでいる者も一発でそれが吹っ飛ぶ。自分に付いた邪気を払えるんだ」

篤は大声に圧倒されながら口を半開きにしてシートノックを見ていた。

「この大声は近所でも有名なんだ。でも、この声が騒音とか煩《うるさ》いと苦情になったことはないんだ。地元のみんなは全国大会で優勝する一流の野球部の練習風景に、憧れを持って見てくれているんだ」

シートノックが一巡すると、今度はキャッチャーがサードへ送球する。サードがボールをキャッチしサードベースを踏んでセカンドへ送球、セカンドはボールをキャッチするとセカンドベースを踏んでファーストへ送球し、ファーストはボールをキャッチするとファーストベースを踏んでキャッチャーへ送球する。まずこれを何度か繰り返す。

続いてキャッチャーがファーストに送球すると、ファーストがボールをキャッチしファーストベースを踏んでセカンドへ送球、セカンドがサードへ送球し、サードがキャッチャーへ送球する。同じように数回繰り返される。

次は監督がサードへノックする。サードがボールを捌いてファーストへ送球、そのプレーが完了していない間に監督は続けてサードへノックすると、待機するもうひとりのサードが同じ動きをする。続けて今度はショートにノックすると、ショートがボールを捌きファーストへ送球する、同じように三人分行う。続けて同じように一、二塁間にスタンバイするセカンドへノックし、セカンドがボールを捌きファーストへ送球するのも三人分行う。立て続けにファーストへノック、ファーストがボールを捌くと同時にピッチャーがファーストへ走り、ファーストからの送球を受けながらファーストベースを踏む。

それが終わると監督がバントに見立ててファーストラインに沿ってボールを転がす。キャッチャーがすぐそのボールを追いかけて拾いファーストへ送球する。続けてサード側に転がされたボールを別のキャッチャーがサードへ送球、同様にセカンドへ。

その後はサードへノックしショートへノックし、セカンドへノックしファーストへノックする。キャッチャーの足元にボールを転がしまたサードへ……。これが繰り返される。同時にセンター、ライト、レフトへのフライと返球が立て続けに行われる。

見ていても目が回るような連続ノックと連続プレーが大声を出しながら延々行われた。


一般的な大学の野球部は、全員で必死にボールに食らいつくようにプレーする高校野球とは違い、自分が関わるプレー以外のところでは力を抜いた余裕のある練習方法をとっているところが多かったが、興亜大学野球部に関しては気の抜くようなプレーは即ペナルティが与えられる。大声で叫び続け必死になってボールに食らいつかなければ監督の罵声とともに交代させられる。そしてペナルティの外周ダッシュだった。練習時間の長さであれば他の大学のほうが長いところもあるが、一瞬一瞬一切気を抜くことができない興亜大学野球部の練習は、練習の質という面で大きな効果を上げていた。

　少なくとも野球部員全員がそう信じていた。

　練習後には整理体操が行われた。初めて練習に参加した篤は佐藤とともにチームを外れ、佐藤の解説を聞きながら整理体操を見学した。

　まずは行進から始まった。先頭四列、四年生を内側に三年生、二年生、一年生と縦に並んで四列隊形が組まれた。

「気をつけー！　休め。気をつけ～！　休め」

　この号令を二、三度繰り返しながら前後左右の隊列を整えていく。

「前～倣え！　直れ！　足踏み～、はじめ」

「前へ～、進め」

　この合図でグラウンドの外枠に沿って行進が始まった。そしてそのまま大きく外周を一周回った。

「駆けあ～し、進め」

　そしてその隊形のまま掛け声と同時にレンジャー行進で一斉に走りだした。

「一《いち》、一、一二《いちにい》、一、一、一二　一二、一二、一二……」

　グラウンドの周囲に割れんばかりの声が響き渡った。グラウンドを半周ほどすると掛け声とともにグラウンドの真ん中にダッシュで集合し整列、全員右手で帽子を取ると気をつけの姿勢をとった。そして驚いたことに、ここから挨拶練習が始まった。

「おはようございます！　お疲れさまでした！」

全員大声で怒鳴るように挨拶をして、間髪入れずクイック最敬礼をするのだった。

続いて指揮者の号令のもと、興亜大学の校歌を合唱した。

「集うは、興亜、おお～、興亜～」

「新しき世紀に立ちて～、新しき時代を創る～……」

「フレー、フレー、興亜、フレー、フレー、興亜……」

大声で校歌を合唱すると、今度は両腕を腰に回し大きく両足を広げてのけぞるような姿勢で大学の応援をして練習が終了した。まるでラグビーのオールブラックスのハカの数倍はある大迫力だった。

「これが世間で言われている軍隊式野球、興亜大学の硬式野球部だ」

あっけにとられている篤の横顔を見ながら、佐藤がニヤッと笑った。

夜七時頃にようやく練習が終わると、一年生の後片付け担当になっている者以外全部の一年生が足早に寮へと戻った。篤もそれに従い寮に戻るとシューズを脱いで玄関に入り、全員次々に正座を始めた。何が何だかよくわからないまま皆を真似て正座をすると、隣の同級生が「これもしきたりだよ」と教えてくれた。一年生は上級生の帰りを正座しながら待つ。監督や上級生が戻ってくると一年生全員で「お疲れさまでした」と大きな声で挨拶した。

その後四年生から順番に風呂に入るのだが、一年生が風呂に入る頃には風呂のお湯が泥で真っ黒になっていた。

そして八時過ぎに夕食になる。夕食は早く来た者から順番で食べることになっていたが、当然先に風呂から上がった監督や四年生から食べ始めている。そしてその後に毎日必ずしなければならないのが洗濯だった。

「これは少し昔の話だけど、一〇〇名の部員が毎日する洗濯なのに、たった三台の洗濯機しかなかった時代があったんだ。当時の監督が『贅沢しなくていい』といったようだけど、プロになった卒業生から相当数の寄付があって、今では洗濯に不自由することはなくなったんだ」

「それと、俺もあんまり好きじゃなかったんだけど……寮室から先輩が出て先輩が寮室に戻る時には正座をして待っていなければならない……昨日部屋で見たようにな」

篤は佐藤から聞かされたしきたりをなかなかイメージできなかったが、このようにひとつひとつ見ながら教えられると、しきたりというものを理解できるようになった。しかしその厳しさは想像以上で、同時に冗談で言ったんじゃなかったんだと溜息が漏れてきた。

　何もかもが初めて尽くしの長い一日の中で、バッティングと守備のシーンが頭の中に強烈に焼き付けられた。それでも布団の中に入ると一瞬で眠りに落ち、そしてあっという間に次の日の朝がやってきた。


　野球部には終日休日というものが殆どなかった。日曜日でも監督の一声で練習が始まった。篤は今まで運動もしたことがないのによく練習についていけてるなと自分でも感心するほどだった。時折練習がきつくて挫けそうになった時は有村に電話をして愚痴を聞いてもらった。月に何度かある中途半端な休みの日は、彼女のアパートへ出掛けて彼女に愚痴を聞いてもらいながら彼女のマッサージを受けていた。

「整体師の資格でも持ってるの？」

　有村に背中を踏まれながら尋ねると、彼女は得意そうな表情を浮かべた。

「私はね、プロスポーツ選手のトレーナーになるのが夢だったの。整体については本でしか読んだことはないけど、こんなふうに実物に触れなければ具合がいいのか悪いのか、わからないからね、ちょうど練習相手がいてよかったわ」

「マネージャーって、毎日何してるの？」

「興亜大学は東都大学野球連盟に所属してるの。そこの連盟の事務所に入って連盟の仕事をさせられてるわ。リーグ戦などの準備や運営は当然だけど、女子マネージャーは場内アナウンスを担当しているし、一部リーグから四部リーグまであるから各大学のマネージャーが入り乱れているの。興亜大学は一部リーグだから私たちは鼻が高いのよ。その他にも連盟に対する協賛を集めたりとか、野球部を卒業した選手を雇用してくれる企業とのつながりを強化したりとか、一般社団法人として活動する社員の全般的なお手伝いね」

「なんか、そっちのほうが忙しそうだね」

「結構やることが多くて忙しいわよ。連盟の仕事が重なると出席できない授業もあったりして、結構大変ね。通うのも大変だから、中央線上の二三区のどこかに無料のアパートを建ててくれないかしら」

「通う定期代が高そうだね」

「それはもちろん野球部持ちよ。だから大学まで通う時間を除けば殆どネックになることはないわ。余計な支出がないから生活が助かっているといったほうが良いかも。バイト代でもくれればもっと良いのにね、フフフ…」

興亜大学野球部のしきたりと呼ばれる規則のいくつかには不満があるものの、余計なことは考えずに毎日大声を張り上げて練習に取り組んだ。篤は試合でバッターボックスに立つチャンスこそ与えられなかったが、代走として起用される機会を与えられることが多くなった。バッティングや守備の技術も段々と仲間たちに近づいていった。そして一年生でベンチ入りすることができるまでに成長した。

四年生が引退した一一月初旬、東京体育大学からの申し出があり練習試合が組まれた。はるばる日の出グラウンドまでやってきた彼らにセミナーハウスを貸し出して更衣室とシャワールームが提供された。試合開始時間は一三時からだったが一〇時過ぎに日の出グラウンドに到着した彼らは、セミナーハウス内に一旦荷物を運び入れるとTシャツと短パン姿でグラウンドに現れた。彼らの姿を見てあっけにとられる興亜大学野球部員を横目に、彼らはそのままの姿でグラウンドの外周を走り始めた。また、Tシャツ短パン姿のままでキャッチボールを始めるものもいた。この完全自由スタイルの東京体育大学野球部の姿を見た佐藤は、篤の隣に来てボヤくように言った。

「あんな奴らに～、負けてたまるかよ～」

一瞬のスキも見せることができない地獄の特訓と寮での厳しいしきたりを凌いでいる興亜大学野球部員にとって、おしゃれなテニス部のような感覚でアップを始めた東京体育大学野球部の軽い雰囲気は、佐藤を始めとするレギュラー陣のみならず、一緒に寮生活をともにするマネージャーも含めた興亜大学野球部関係者全員の闘志を燃え上がらせた。

試合が始まるとベンチに入った全員がベンチから片足をグラウンドに乗せながら大声で応援を始めた。通称ベンチワークと呼ばれるこの応援スタイルは試合中ずっと『あとワンアウトで優勝だ～』というような勢いで、プレーする選手たちを応援することになっている。

ところが一回の表に、東京体育大学のヒットとバントで一点を先取された。三回にも追加点を献上すると、六回には連続タイムリーヒットを打たれて二点が奪われた。

監督の機嫌が急加速で悪くなった。監督は三年生の新キャプテンの伊藤を呼び付けると、ベンチ裏で怒鳴りつけながら両頬を二、三発ひっぱたいた。ベンチ裏から戻ってきた伊藤がベンチワークをする佐藤を呼んだ。

「佐藤、お前、悪いけど、監督の隣に行って大声で声援を送ってくれ。監督の機嫌、最悪だ」

佐藤は「えっ？」と不満そうな表情を残しながら渋々監督の隣に行った。

「おっかしいな～、上級生が下級生を引っ張るんじゃなかったっけかな～」

佐藤は、監督に聞こえるようにわざらしくとぼけるようにボヤいてから、大声を張り上げてチームを応援した。しかし状況は一向に改善せず、ヒットさえなかなか出なくなっていた。やがて佐藤の声援が段々と味方に対する野次に変化していった。

「ほーら、あー！　あれだけ練習したって、バット振らなきゃ～、当たるもんも当たんねーぜ～！」

「だからー、ホラッ！　バット振んなきゃ～、あ～あ」

「バット振れ～、バット～～～！　あ～あ、いったい何回見逃してるんだろうな～」

佐藤のヤジはベンチの中で応援する誰の声よりも大きく響いた。近くにいた篤も『大丈夫かな？　また監督に殴られるんじゃ……』と心配していた。

「あ～あ、また三振かよ～！　監督～、あんなTシャツと短パン姿の奴らに負けてしまうんだったら、明日からウチもTシャツと短パン姿で練習しましょうか？」

興亜大学の攻撃がまったく空回りしていることと、声援するはずの味方の声が次第に野次のようになるのを聞きながら、監督の唇が青ざめて体がブルブルと震え始めた。

「ピンチヒッター！　佐藤！」

八回の裏、この監督の采配に佐藤はニンマリとした顔で「キター」と大きな声を上げると、ベンチから飛び出し履いていたスパイクのヒモを結び直し始めた。この図太い態度を見た三年生が佐藤を怒鳴った。

「佐藤！　何やってんだ～、早く、早く行け！」

怒鳴られた佐藤はその声もまったく耳に入らない様子で、膝を曲げアキレス腱を伸ばしながら準備体操を始めた。

「慌てない、慌てない。ここはひとつ、俺のタイミングで、バッターボックスに入らせてもらおうかな～」

そしてようやくバットを持つと、今度はベンチの前で素振りを始めた。

「何やってんだ～、佐藤！　いいかげんにしろよ～　早く行け～」

ベンチの中にいる三年生たちに怒鳴られながらようやく佐藤がバッターボックスに入った。相手ピッチャーは一五〇キロ近い速球とカーブ、そしてチェンジアップを織り交ぜながら巧みにバッティングのタイミングを外すのが得意の投手だった。そのため、打席に立ったバッターは見逃し三振を取られるケースが目立っていた。

「ツーボールツーストライクからの次のボールは……、ストレートだ～！」

カーン
ライト線に飛んだボールはライトの頭上を越えて走者一掃のタイムリーツーベースヒットとなった。佐藤は打った瞬間ベンチに向かって「こうやって打つんだよー！」と拳を突き上げて大声で飛び跳ねながら二塁まで走塁した。この佐藤の一振りで東京体育大学から二点を返すことができた。

しかしその後のバッターはアウトになり、九回裏の最後の攻撃もたった三人でシャットアウトされ、結局試合は四対二で負けた。

「エーサッサー」

東京体育大学の一、二年生数十人が上半身裸になって、セミナーハウスの前で大学の伝統応援スタイルを盛大に披露した。そして興亜大学野球部全員は隊列を組み、大型バスの横に並んで東京体育大学の見送りに立った。ニコニコと笑顔を浮かべながらTシャツと短パン姿でバスに乗り込む東京体育大学の選手たちを、まるで葬儀の参列者のように無表情で見送ると、監督は関係者全員をグラウンドに集合させた。

「大集合だー！」

部員とマネージャーとコーチなど全員が揃ったところで前に立った監督は、たったひとこと言い放った。

「二年生の、約一名に、大きく勘違いしているやつがいる。三年生！　救急車で運ばれない程度に気合を入れておけ〜」

寮に帰った後、佐藤は三年生に呼び出されるとボコボコにされて部屋に戻ってきた。篤は佐藤の姿を見てバケツに水を汲んでタオルを浸して佐藤の顔に濡れたタオルを当てた。

「悪いな〜、柳田。俺もあんなことは言いたくなかったんだけど、あまりにも情けなくなってよー、イテテ……」

佐藤は切れた口の中が痛むのか、それ以上は話さずに布団の中に入った。

東京体育大学の自由な練習風景とその東京体育大学に負けたこと、監督の指示とはいえ、試合に出場した選手までもが試合で活躍した佐藤をボコボコにしたことで、一年生の中で、厳しいペナルティや悪習の意味がわからず納得できないでいた不満と不信感が破裂した。野球初心者の篤にとってバッティングの上達と守備の上達が明確な目標だったので、その他の走り込みややりがいなどは苦にはならず不満もなかった。しかしながら、同学年の選手たちの中には練習以外の自由時間やプライベートが無意味に奪われること、そして理不尽な暴力と悪習の数々にとうとう気持ちが折れた者があらわれた。この練習試合のあった日の夜、寮から三名の一年生が申し合わせたように逃げ出した。

野球部では部員が夜逃げするのは昔からよくあることのようで、監督などは夜逃げの報告を受けてもまったく意に介さない様子だった。

有村のアパートを訪れた篤は、彼女のマッサージを受けながら野球部の悪習の実態について愚痴をこぼしていた。

「東京体育大学との練習試合のあと、同級生が三人一度にいなくなったよ～。厳しい練習は仕方ないけど、シゴキのような無意味な練習が未だ残っているのはどうかな。僕も一切笑顔のない同級生や二年生の顔を見ていると息が詰まるよ。厳しい練習は良いけど意味のない悪習は、どうだろう……悪習がこれ以上続けば、僕も逃げるかも……」

　有村は篤から聞かされた野球部の無意味な練習方法と寮の悪習の話を想像しながらマッサージをしていた。

「その悪習って、どうして今も残っているの？」

「さあ、プロ野球で活躍する選手が大学にエールを送って、変にやる気になった監督や四年生が悪習を美化して、それを続けているような気もするけど」

「つまり、そのプロ野球に行った人たちが、暗に厳しさを乗り越えれば俺のようになれるぞって、そう言っているということかな？」

「そんなふうに見えるけど」

「そう…」

　有村に相談しても答えなど出るはずもなく、その先を考えれば最終的に野球部に残るのか辞めるのかという選択になる。厳しい練習とは別に、囚人のように扱われる悪習に精神的限界を感じ始めていた篤は、彼女のアパートから寮室に戻ると、夜逃げをした同級生と悪習について佐藤に尋ねた。

「佐藤先輩、先日三名が逃げた件ですが、自分も逃げた同期と半分同じ気持ちです」

「そうか、お前も逃げる準備はできているということか？」

「まだ準備までしているわけではありませんが、この状況が続けば自分も同じようになるだろうと思います」

「……何度か監督からブリキ軍団の話を聞いたと思うけど、その意味をお前に話しておくよ。そもそもお前以外の殆どの選手は小学校から高校まで野球をやっていて、甲子園に出た選手もたくさんいるし、今まで所属したチームの中でもトップ選手だったのが多い。そんな連中にいつも監督が言っている言葉だ。『我々は決してエリートなんかじゃない。金でもなければ銀でもない。ましてやプラチナや銅でさえない、我々はただのブリキ軍団だ。でもブリキにはブリキの一刺しと言って、ブリキも尖らせて磨けばたった一度だけ鉄板に穴を開けることができるようになる。尖っていても磨かなければ鉄板を貫くことはできない。折れて終わりだ』柳田、立ってみろ」

佐藤は篤を立たせると気をつけの姿勢をさせた。

「目を閉じリラックスしろ。肩の力を抜いて、少し足を開け。目を閉じたまままっすぐ真横に腕を上げてみろ。そのまま掌を正面に向けろ。そしたら目を閉じたまま左右の掌を体の正面で合わせてみろ」

篤は言われる通りに目を閉じたまま腕を動かし左右の掌を体の正面で合わせた。

「よし、目を開けろ」

　両手を体の正面でピッタリと合わせたつもりだったが、両手が上下で二センチもずれているのが目に入った。

「どうだ、柳田。俺たちは毎日自分の体を使っているから自分の体を自由に動かしていると信じているけど、実際こんなことすらうまくできないんだよ。自分の体さえも思ったように動かせないってことだ。これも何度か練習すれば両手をぴったり合わせることができるようになる。こんな些細な動きさえままならない俺たちは、誰から見てもエリートなんかじゃなくただのブリキ人形だ。ノックで似たような場所にボールが飛んでくるけど、バウンドがイレギュラーすることもある。そしてどれだけ練習しても、本番ではすべてが初めて見るボールだ。ボールの軌跡は初めて見る軌跡で目が離せない。そしてそれを制するためには無限の練習をこなす以外にない。俺たちはその時のために、その一瞬のためだけに努力しているんだ。お前がもし『やってることはただの野球じゃないか』と言うならそれ以上俺は、何も言うことはできない」

　翌朝いつものように練習が始まった。篤は練習の中で悪習に当たる部分を探した。シートノックの時、異常なくらい大声を張り上げることも、バッティング練習で打ち損ねたら即交代ということも、集団走という軍隊の隊列行動のようなものも見ようによってはすべてが悪習じゃないかと思われた。大会会場では他校の選手が興亜大学の練習風景をビデオ撮影していることや、軍隊式野球として誰かのブログに書かれている内容もすべて悪習についてのことを言っていると思っていた。しかし、少し見る角度を変えてみれば、大声を張り上げて練習に臨めば、自然と気持ちが高まり疲れも余計な雑念も吹き飛んでいる。練習後に感じるボーッとした疲労感も心地いいものだった。

「これが無心ということなのか…どこかの寺で大声を張り上げる修行の様子をテレビで見たことがあったが、無心になる修行なんだな、あれ全部が……」

篤は佐藤の話も一理あると感じ始めていた。

『何十年と続いている悪習もどきの練習にも明確な理由があるのか？　逃げ出さない先輩たちはそれを正面から受け止めることで雑念が消え、夢中でプレーをしている……みんな意味を理解して行動しているのか？　意味を理解した選手だけが残っているのか？　でも、正座して先輩を待たなければならないとか、一年生だけが電車で座ることを禁止されている。そんなことがいったい何の意味があるんだろう？　軍隊のように文句を言わさずに従わせるためだけの規則…、それ以外理由が思い浮かばない……』

篤は二年生になりその年に予定されたすべての大会も終了した。興亜大学は東都大学野球連盟の代表として全国大会に出場することができたが、二回戦で慶陽大学と対戦すると一対〇で惜敗してシーズンを終えた。それでも毎日練習は続いた。月に何度かある中途半端な休みの日には相変わらず『カーサ日の出』に行って有村にマッサージをしてもらいながら愚痴をこぼしていた。

「……そっか〜。そんな意味があったのね……でも同じことを言われてもなかなかそこまで理解が追いつかないような気もするわね。多分、その逃げてしまった人たちも、監督から同じ話を一度や二度は聞かされたんじゃないかな〜　でも言葉の意味を理解するには時間も必要でしょうし……」

「練習も、悪習も……確かに捉え方次第……でも、僕が疑問に思ってることをどうやって一年生に教えるの、イタタタタ……」

「ところで、……マネージャーの仕事はどう？　大変？」

「事務局の仕事は結構たくさんあって驚いちゃった。割と夜遅くなることもあって、寝不足の時もあるけど……意外にみんなで楽しくさせてもらってるわ」

有村は篤の背中に乗りながら悪習についてイメージを膨らませていた。

「さっきの悪習だけどさ、ある程度は辻さんからそんなのがあるって聞いていたけど……、本当に今どきそんなのがあるんだね。君から具体的に聞かないと、なかなかイメージできないね。昭和だよね、それって」

「去年夜逃げした同級生の部員たちは、きっとそれが原因だよ」

「篤はどう思ってるの？」

「ん〜、佐藤先輩から話を聞いた後は、悪習も野球部が強くなるための要素もあるのかなって、そう思えたのもあるけど、やっぱりおかしいのもあるんだよな〜。一年生に悪習の意味を端然と教えるのも、本当に疲れるよ。あからさまに嫌な顔されるし、実際、こんなの囚人と同じじゃん。普通はついて行けないよ〜」

「でも篤はついていってるんでしょ？」

「僕が昔受けたいじめから比べれば、精神的な苦痛はまったくないからね」

「ほ〜、では、その煮え切らない物言いの真意は？」

「端然と意味があって必要なものと、今ではもうそれをする意味がなくなったものとを分けるべきじゃないかって」

「思い切って、佐藤先輩に話してみればどう？　もうすぐ新入生も入部するんだし、理由を説明できない悪習なんか今どきの若者には通用しないわ。伝統を守ることも大切かもしれないけど、新しく伝統を作り出すことも大切なんじゃない？」


その日篤が寮に戻ると佐藤の部屋を訪問した。

「佐藤先輩、少しお話があるのですが……」

「……なるほど、なるほど…、で？　お前はどうしたいんだ？」

「はい、以前あった東京体育大学との練習試合で、佐藤先輩の声援をすぐ近くで聞いていたんですが、アレって自分たち野球部全体に対する当て付けですよね？」

「ムフフフ…。そんなふうに聞こえたか？」

「はい」

「わかった。お前の言う理由のない悪習を具体的に挙げてみろ」

「まず、先輩を正座して待つという悪習。一年生だけは電車で座ってはいけないという悪習。一年生はジーパン禁止という悪習、それと……。今思い当たる明らかに修正する必要があると思うのは以上です」

「わかった。少し待ってろ」

佐藤はそう言うと寮室を出ていった。従来通り悪習に従う場合、篤は直ちにドアの前で正座して佐藤の帰りを待つ必要があった。篤はしばらく考えた末、その悪習を破ることにした。佐藤は四〇分ほどして部屋に帰ってくると、堂々とあぐらをかいて座っている篤の姿を見て笑った。

「お前も、俺と似たところがあるんだな。さあて、さっきの話の続きだが、今監督に了解を得てきた。伊藤キャプテンにも了承を得た。案外簡単に受け入れてくれたよ」

「そうですか〜　やった〜」

ガッツポーズをして喜びを表現した篤だったが、監督の提示した交換条件を聞かされると心底腹が立ってきた。

「了承してもらったが、二つ条件がある。ひとつは俺に直接関係のあることだった。しかしこれはまだ誰にも話せない。よって二つ目の条件を話す。監督は、そのことについては今からでも了承する。しかし、来年の六月の全国大会で優勝できなかったら、すべて元に戻すそうだ」

料金受取人払郵便

新宿局承認

7552

差出有効期間
2024年1月
31日まで
（切手不要）

郵便はがき

1 6 0-8 7 9 1

1 4 1

東京都新宿区新宿1－10－1

(株)文芸社

愛読者カード係 行

ふりがな お名前			明治　大正 昭和　平成　　年生　　歳		
ふりがな ご住所	□□□-□□□□			性別 男・女	
お電話 番　号	（書籍ご注文の際に必要です）	ご職業			
E-mail					
ご購読雑誌（複数可）			ご購読新聞 新聞		

最近読んでおもしろかった本や今後、とりあげてほしいテーマをお教えください。

ご自分の研究成果や経験、お考え等を出版してみたいというお気持ちはありますか。

ある　　ない　　内容・テーマ（　　　　　　　　　　　　　　）

現在完成した作品をお持ちですか。

ある　　ない　　ジャンル・原稿量（　　　　　　　　　　　　　　）

書　名				
お買上 書　店	都道 府県	市区 郡	書店名	書店
			ご購入日	年　月　日

本書をどこでお知りになりましたか?

1.書店店頭　2.知人にすすめられて　3.インターネット(サイト名　　　)

4.DMハガキ　5.広告、記事を見て(新聞、雑誌名　　　)

上の質問に関連して、ご購入の決め手となったのは?

1.タイトル　2.著者　3.内容　4.カバーデザイン　5.帯

その他ご自由にお書きください。

(　　　)

本書についてのご意見、ご感想をお聞かせください。

①内容について

②カバー、タイトル、帯について

弊社Webサイトからもご意見、ご感想をお寄せいただけます。

ご協力ありがとうございました。

※お寄せいただいたご意見、ご感想は新聞広告等で匿名にて使わせていただくことがあります。

※お客様の個人情報は、小社からの連絡のみに使用します。社外に提供することは一切ありません。

五

伊藤キャプテンをはじめとする四年生がシーズンを終えて引退すると、監督は佐藤を新キャプテンに指名した。篤は三年生になり、監督との約束通り全国大会で優勝することを目指して毎日無心になって練習し続けていた。

第七〇回全日本大学野球選手権記念大会は、決勝戦が予定されていた六月一九日が雨で順延した。しかし翌日の神宮球場は抜けるような好天に恵まれた。

投手戦となった決勝戦は、慶陽大学三年生の和田と興亜大学三年生の木佐の両校エースが、神宮球場のマウンド上ですばらしい投球を見せて大勢の観衆を魅了していた。五回裏、興亜大学は四球で出塁した近藤を大河原がセンター前ヒットでホームに返し先制点を挙げ、興亜大学が最初の均衡を破った。その裏慶陽大学も二つの失策をからませて同点に追いついた。

ベンチ入りできない選手とマネージャーたちは三塁側ベンチの上から声援を送っていた。応援はチアリーダー部が中心となり体育会本部が即席応援団に変身して、興亜大学野球部と応援する観客を必死になって盛り上げていた。

七回からレフトの守備についた篤は、相手バッターの打った打球が大きく打ち上がってファールし三塁側のスタンドに入るのを目で追いかけると、打球が落ちた席のすぐ後ろの席にいた有村の姿とその隣に腰掛ける一組のカップルに目が留まった。

『あれっ、あれは確か朝ドラ女優の…長崎《ながさき》ヒカルじゃね？』

長崎ヒカルは先日地元の埼玉県で同級生と一緒に歩いているところを『恋人発覚』とスクープされていたが、つい先日同事務所に所属する俳優の岡野亭《とおる》とホテルに入るところもスクープされていた。また病院関係者から漏れた情報という見出しで、同病院にプロダクション事務所の総合マネージャーに付き添われて中絶手術を受けたことも、大きくスキャンダルとして報道されていた。電車の中吊り広告で見たタイトルは『朝ドラ女優長崎ヒカル・二股不倫の末の妊娠と中絶手術・前代未聞の多重スキャンダル』とトップ表記されていた。彼女の隣で親しそうにしているのがどっちの彼なのか、またはまったく別人なのかはよくわからなかったが、あれだけ派手に週刊誌で取り上げられているにもかかわらず、日中堂々とデートする辺りの神経は並大抵のものではない。そして篤は守備についている間、この長崎ヒカルが真剣な顔つきで隣に座る有村と話をしている様子を目撃していた。守備についていた篤は割と長い時間真剣な顔つきで話をする二人の姿がその後もチラチラと目に入り、一体何を話しているのか気になっていた。

八回裏の興亜大学の攻撃は七番センターの松田から始まった。松田はスリーボールツーストライクからのストレートをセンターへ弾き返し、一気に二塁へ出塁すると、次は篤に打順が回ってきた。あっという間にノーボールツーストライクに追い込まれた篤だったが三球目の高めに浮いたストレートを無心で振り抜いた。ボールはレフトライン上に大きくバウンドしてそのままスタンドに入るという珍事が起きた。篤は無条件のエンタイトルツーベースヒットで二塁ベースに進み、二塁にいた松田はホームベースを踏んで再び興亜大学がリードに成功した。篤が二塁ベースに向かいながらボールの軌跡を追ってスタンドを見ると、一人の少年がボールを手に取り誇らしそうに腕を上げている姿が見えた。

九回表、相手の攻撃をエースの木佐が打者三人できっちりシャットアウトして興亜大学が優勝を決めた。東都大学野球連盟代表で出場した興亜大学が、四年ぶり五度目の優勝を決めて三万人の大観衆の声援が湧き上がった瞬間、スポーツ新聞を手に取るサチオの顔が目に浮かんだ。

『興亜大　柳田篤　決勝のエンタイトルツーベース！』

優勝の喜びを噛み締めながらベンチ入りしていた選手たちが、荷物をまとめて帰りのバスに乗るためロッカールームから通路に出て整列した。

「柳田選手！」

子供の声に呼びかけられた篤が振り返ると、そこには一〇歳くらいの少年が手にボールを持って立っていた。

「どうしたんだい？」

「あの～、サインください」

篤が打ったエンタイトルツーベースのボールを、少年が拾ってそのボールにサインを求めてきた。慣れない出来事に監督と目が合うと、監督は軽く頷き隊列を率いてバスに向かって歩き始めた。

「あれは、ホームランじゃないけど……それに、僕なんかのサインでいいの？」

「はい、お願いします」

少年はそう言うとボールを篤の前に出した。

少年のはにかむような表情を見ながら篤は肩に掛けていた大きなバッグを下に置くと、中にあるはずの筆記用具をゴソゴソと探し始めた。エンタイトルツーベースのボールにサインするというのはあまり聞いたことがない。監督に促されたのでそれに応じることにしたが、実際初めて書くサインに少し緊張した。篤はなかなか見つからないペンケースを探しながら少年に質問した。

「君、一人で来たの？」

「はい」

「近くに住んでいるの？」

「いいえ、病院から抜けてきました」

篤はしげしげと少年を見たが、怪我をしているようでもなく病気のようにも見えなかった。笑いながら「ハハハ、冗談でしょ？」と聞くと、「本当です。帝都大学附属病院から抜けてきたんです」

少年はそうはっきりと答えたが、篤はそれを打ち消すように別の質問をした。

「誰のファン？」

すると少年は元気よく言った。

「佐々木《ささき》隆《たかし》選手！」

佐々木選手は二年前に八王子大学からドラフト一位指名されてジャイアンツに入団した選手だった。実力者だった彼は入団後すぐに一軍で活躍していた。篤たち大学生の目標となる先輩のひとりだった。篤は少年の顔を見つめ「いいね」と呟いた。ようやく指先に筆記具が当たり、ペンケースを手に取ると中から細字用マジックペンを取り出した。

「名前は？　なんて書けばいい？」

「カケル」

　少年はそう言うと篤の左の掌に『翔』という文字を指で書いた。篤はこのボールに生まれて初めてのサインをして『翔くんへ』と書き添えた。少年は「ありがとう」と元気よく言って走り去っていった。

　すでに通路には誰もおらず、スーッと通り抜ける隙間風に寂しさに似た変な雰囲気を感じながらペンケースを仕舞うと、篤はバッグを肩にかけて走り出した。

「みんなを待たせちゃ、まずいな」

　駆け足で一気に球場から外へ出ると、有村が一人バスの外に出て待っていてくれた。窓から見えるチームメイトの顔が優勝した余韻に浸って誇らしそうに見えた。篤はバスの真ん中のトランクルームにバッグを放り投げると、有村の手を取って「早くしろ」と言った。

「君待ち、君だよ、みんなを待たせていたのは、き、み」

　有村が怒ったように言い返すのを背中で聞きながら、篤はこの勝利の嬉しさで目が潤んでいたので、振り返って彼女の顔を見ることが照れくさかった。

　全国大会を優勝で終えた野球部員たちは、帰りのバスの中でも皆満足したほほ笑みを浮かべていた。毎日必死で練習してきた結果、自分たちの実力がしっかり出せた大会だった。キャプテンの佐藤を含め四年生にとっては最後の試合となり、これがドラフト会議に大きく影響を与えるので皆結果に満足していた。四年生の五名ほどがプロ野球選手になることを希望していた。篤も自分と技量が近い選手がどこの球団から指名されるのか大いに興味があった。

「あ〜あ、後期から授業だぜ。しかも一限から六限までの特別フルコースが三ヶ月間も続くんだぞ〜」

「授業が一番きついかもな」

「いっそ授業やめて、練習して五年生にでもなるか？」

選手たちは試合でヘトヘトだったが、優勝した勢いでキャプテンの佐藤が持ちネタのように饒舌に冗談を言ってバスの中を笑わせていた。

「お前ら、今日はよく頑張った」

高速道路に入り走行が安定してくると、最前列に座る監督がマイクを手に取り後ろを振り返って話し始めた。

「今日のゲームはプロ野球のスカウトたちも大勢来ていた。もしかしたら希望者全員が指名されるかもしれないな。それはそれとして、最近読んだ本がある。『置かれた場所で咲きなさい』という本だ。内容は…内容は、忘れた」

「ワーハッハッハッハー」

監督のとぼけた話に皆笑い転げた。監督は何か良いことを話そうとしたが本の内容をうまく表現できず、タイトルだけを言って終了し照れ笑いするように顔を赤らめた。

「まあ、なんだ、その〜、つまり、お前らも、特に四年生、どこの球団に行くかわからんけども、一旦身を置けばそこが自分の生きる場所だ。でもそれはずっとという意味じゃない。その場所が好きでずっといたくても出なければならない時もあり、嫌でもその場所にいなきゃならん場合もある。また、そこにいるべきかどうか考える必要が出る場合もある。その時は、その場で何を学んだのか、はっきり説明できるなら、その場を離れろ。時期が来たんだ。草が成長して実を付けたんだ。それを持ってまたどこかに行けばいい。今お前たちは大学での四年間を通して花を咲かせて実を付けた。それを持ってプロ野球、または社会人となるんだ。誇り高き興亜大学野球部のグラウンドで育ったお前らは、十分な学びをしたはずだ。それぞれどんな道を進むかわからないけど、どんな場所にでも学びはある。それを忘れるな。そして、その場でまた学びまた気づきがあった時、別の場所で学ぶことをお前らの人生が望む場合、それは必ず何らかの機会として指し示されるだろう。そして人生の決断で迷った時は、『私』という主語ではなく「私の人生」という主語で物事を考えろ。私が何をしたいのかではなく、私の人生は私に何をさせたいのかと自分に問うんだ。お前らは映画の主人公だ。出会う人は全員お前という映画を見る観客でありエキストラだ。主人公が何も行動しない映画は面白いか？　主人公がピンチにならない映画は面白いか？　主人公の感情が激しく揺さぶられることのない映画は面白いか？　今後は、お前らと出会う誰もがお前という主人公が演じる映画を楽しみに見てくれる。そんなお前という題名の映画の続きを、これからも楽しませてくれ」

監督のとぼけた挨拶が急転直下、野球部員全員の心に突き刺さった。篤は監督の言った『置かれた場所で咲く』という言葉から一輪の花を頭に描き、その花が寮の庭に咲くたんぽぽ、そして鉢に植えられたユリ、実家の側の川べりで咲いていた彼岸花などを次々に場所を変えながら頭に浮かべた。

『なんだかわかるようで、意外と難しい話だな』

バスの先頭座席に座る有村もかなり疲れている様子で、ぼんやりとした輪郭の後ろ姿が、さっきの神宮球場の通路で感じた風のように、妙に寂しげに映った。

寮に到着すると、隣のセミナーハウスには大学が用意してくれた祝賀会の豪華なビュッフェセットが出迎えてくれた。全員早々にシャワーを浴びて着替えると、すぐにセレモニーが始まった。学長や来賓の長い挨拶や監督のいつものブリキ軍団の話、そして出場選手の一言など食べ始めるまでたっぷり三〇分もかけて儀式が行われた。そして待ちに待った乾杯、ビュッフェ料理も瞬く間に量が減っていった。監督や先輩後輩、マネージャー、そして応援の指揮を執ってくれたチアリーダー部と体育会本部の幹部、吹奏楽部の幹部もこのパーティに参加していた。皆入り乱れて勝利の美酒に酔っていた。


パーティが盛り上がりを見せるなか有村がすっと篤の隣に近づいてきた。

「さっきの少年と随分長く話してたのね」

空腹に流し込んだビールが篤の顔を赤く染めていた。彼は有村を見ながら、彼女を試すように質問した。

「二年前に八王子大からジャイアンツにドラフト一位指名された佐々木隆選手って知ってる?」

「ごめんなさい。私、こう見えて野球のこと、ぜん、ぜん、ぜん、知らないの」

「さすが、有村マネージャー、絶句だわ」

「で?　その選手がどうかしたの?」

「さっきの少年が佐々木選手のファンなんだってさ」

「へ〜、それで?」

「佐々木選手は僕たち大学生の憧れだからな〜、少年と気が合うなって」

「ふ〜ん……」

「そんな話をしてたのね」

「うん。……いや、もう一つ変なこと言うんだよ。その子、病院を抜けて試合を見に来たっていうんだけど、怪我をしている様子もないし、病気にも見えなかったんだよ。いったいどうしてあんなこと言ったのかな？」

「病院？　どこの病院？」

「それが帝都大学附属病院って即答したんだ。とっさに出る嘘で子供がそんな具体名を言えるかな？　だから僕はどう接したら良いのか、少しばかり躊躇ったよ」

「ふ〜ん、そうだったの」

「あっ、そういえば有村、スタンドでお前の隣にいたの、長崎ヒカルじゃなかった？」

「君〜、試合に集中しないで観客席の可愛い女の子を物色していたの？」

「いや、そうじゃないよ。ファールを追いかけていたら、一瞬目に留まっただけだよ。でも有村、お前ら何やら親密に話をしてなかった？」

「ええ。彼女に話しかけられて、それが結構シリアスな内容だったのよ」

「えっ、何それ、教えて、教えて」

篤はそう言うと有村にぐっと顔を近づけた。彼女は左手の掌で篤の顔を押し返すようにして距離を取った。

「実はそれなんだけど…真剣に話を聞くって約束してくれる？」


有村はパーティ会場となっているセミナーハウスから篤を連れ出すと、グラウンドの側まで行って振り返った。

「彼女のスキャンダル、知ってるわよね？」

「ん～、あまり詳しくは知らないけど、電車の中吊り広告で見たよ」

「彼女私の隣でその話をしたの」

「はっ？　嘘！　どうして？　だいたい、赤の他人に自分のスキャンダルの話なんかする？」

「それは～、……私にもわからないけど……、彼女の話聞く気ある？」

篤は一瞬キョトンとしながらも興味津々という表情を浮かべると、まるでミーハーのように首を何度も縦に振って頷いた。

「実は彼女、同じ事務所の俳優の岡野亨からかなりしつこく迫られていたようなの。でも彼女には好きな人がいたのよ。それが同級生の橋下雅人《はしもとまさと》という人で、最初に週刊誌でスクープされた人よ。実は彼女、彼との間に子供ができちゃったの。彼女にとって大切な宝物だった…。それを知った事務所は大慌てで中絶手術を受けさせたの。彼女を多額の賠償金で脅してね。今後は彼と会うことも認めないって言ったそうなの。病院で中絶手術を拒んだ彼女が大騒ぎしたので、それが病院内部から外に漏れたみたいね。そのしばらく後で同じ事務所の岡野亭が相談にのるとか何とか言って彼女を車に乗せて強引にホテルに行った。それが立て続けにスクープされたのよ。彼女は私にこう言ったの。『私はいつでも芸能界を辞めてもいい。私が好きなのは雅人くん』彼女の隣にいたのがその雅人くんだったの」

篤は酔った頭で有村の話す内容をパズルのピースでもはめるようにイメージしながら聞いていた。

「ふ～ん。ややこしい話だな」

「この話、きっと誰も信じないわ。だけど…、君には覚えておいてほしいの。だから話したの」

「僕に？　どうして？」

「きっと………そのうち分かるわ。それより会場に戻りましょう。それと、パーティの後片付けが終わったら、大事な話があるの」

「今ここで言えばいいじゃ…」

「お願い！　パーティが終わった後に、ひとつだけお願いがあるの。その時また話すわ」

二人はパーティに戻ると大騒ぎする仲間の輪の中に入って再び飲み始めた。楽しいひと時は文字通りあっという間に終了の時間を迎えた。

野球部一同が整列して来賓を見送ったあと、皆一斉にセミナーハウスの片付けを済ませた。女子マネージャーたちが帰り支度をして駅前にあるアパートへと帰り始めた。篤はマネージャーを見送るために外へと出て最後尾にいた有村に声をかけると、彼女はまたあの言葉を口に出した。

「ありがとう」

今まで有村から何度か同じ言葉を言われたが、篤には毎回その言葉に違和感があった。しかし酔った頭に当たる夜風が心地よく、この夜風に違和感を吹き流すように有村の方を向いた。

「それで、話って？」

有村は少し怖い顔つきになって、篤の目をじっと見つめた。

「今から話すことだけど、本当に、本当に真剣に聞いてほしいの。そして、絶対、忘れないでほしいの、いい？」

「…ああ……」

詰め寄るような感じの有村の真面目な顔を見ながら、篤はやや引き気味で頷いた。

「今からシャワーして寝ると思うけど、寝る前に部屋のテーブルの前に座ってほしいの。テーブルの上にはレポート用紙があるわ。そこに今日の出来事や、今までの大学生時代の出来事を思い出す限り詳細に書き出してほしいの。そして書いたら何度も読み返して！」

「ちょ、ちょっと待てよ。僕に今から野球部日誌を書けっていうのか？」

「野球部の日誌だけじゃなく、この三年間で起きた自分自身のことを書いてほしいの。今日のことも、どんなことでも、どんな書き方でも構わないから」

「いったいどうして？」

「……それを聞かれると……それは、単なる私の、私のお願いとしか言えないんだけど…。だから、無理矢理にしろとは言わないわ」

「明日の朝じゃだめ？」

有村は首を横に振ると、もう一度同じことを繰り返した。

「単なる私のお願いだから。無理することはないの。でもお願い。明日の朝じゃあ、もう遅いの。今までいろいろあった出来事を、君に、忘れないでほしいから……」

「……わかったよ。怖いよ、有村…そんな顔しちゃ……」

篤は有村の食い入るような眼差しに押されながら、有村の言葉をゆっくりと仕方なく呑み込むように同意した。

「ありがとう」

有村はそう言うと前を歩くみんなを追いかけるように走り去った。

有村と立ち話をしていた篤は少し遅れて風呂場に入った。冷たいシャワーを体に浴びると長かった一日の出来事が瞼の裏に強烈に蘇ってきた。同時に疲労と酔いと満足感に包まれ、シャワーを浴びながら眠りに落ちそうになった。本当に気持ちよかった。何もかもが素晴らしい思い出になった。これで四年生が引退すれば篤たち三年生が野球部を牽引することになる。その責任を考えると少しだけ身が引き締まるようだった。

フラフラしながら寮室へ戻ると、花崗岩柄のビーンテーブルの上に表紙がめくれて広げられたレポート用紙が目に留まった。

「チェッ」

篤は舌打ちしながらビーンテーブルの前に腰を落とすと、テーブルの上に転がる三色ボールペンを拾い上げた。

「『私のお願い』、か……」

さっきの有村の怖い顔が目に浮かぶと、不意に学食で初めて有村と出会ったことを思い出した。

『学食…』

篤はレポート用紙の最初にそう書き込んだ。

六

（レポート）

学食

学食で不良崩れの連中に絡まれていたところに現れた有村、今まで口に出すことはなかったが、彼女は紛れもなくサチオと同じ僕のヒーローだ。僕のことを『友達』と呼んでくれた、生まれて初めての人だ。彼女の素朴で素直でリーダー的な人柄は、僕の人生を真逆へと導いてくれた。

もし、もし万が一、今日僕が死んでしまうならば、一番感謝を伝えたいのが有村だ。

彼女は、友達というありふれた言葉の枠よりも、その枠の芯の部分にいる親友という表現のほうがより近いけど、男女間での親友というミステリアスな部分が、僕の中で何も定義付けされていないので、現在友達以外の言葉で表現をするのが難しいが、もしこの気持ちを正確に表現できる言葉があったら誰かに教えてほしい。つまり、それほど僕にとって彼女は特別な存在だ。

有村はいつも僕の心の中を探り出すように、言葉では表現できない部分に光を当てながら、何度も悩みの相談に乗ってくれた。

一年後に大学を卒業したら、この大切な友達とも離れ離れになってしまうのだろうか。ふと、そんなふうに考えると自然と目が潤んできてしまう。

有村未夢、君には最大の感謝を捧げたい。

置かれた場所で咲く
監督が帰りのバスの中でこの言葉をみんなに投げた。僕らは興亜大学日の出グラウンドに咲く花なのか？　五人の女子マネージャーもまた花？　こっちの華かな？

有村は僕にとっての初めての友達　彼女もまた誇り高く咲く花。有村もチームの一人であり僕たちと同じ風景を見た花だ。

そして僕らは同じ花を咲かせることができたんだ。仮に優勝していなくてもきっと美しい花を咲かせることができただろう。本当に夢のように過ぎた三年間だった。この夢のような青春はあと一年、いや、もうたった一年しか残っていない。この三年間は本当に一瞬の出来事だった。本当に僕は、夢を見ているんじゃないだろうか？

大学の野球部の寮に入れられて無茶苦茶な練習に押しつぶされそうになった。練習では毎日ヘドを吐く日が続いた。異常なほど繰り返す走り込みと昔から続く悪習に何度も潰れそうになった。結局夜逃げした同級生が三人いた。そして僕自身も辞めようと真剣に考えた時期があった。

いじめられて無視されて、進学か就職かというよりもその二つの選択肢以外に何かないのかとひどく思い悩んでいた頃の、この思い出す必要もないことまで頭に浮かんできた。あの時見たホタルと、脳裏に浮かんだサチオの顔、そして『大丈夫か？篤』という声。同時に、母の言った『誰もお前のことを知らない』という言葉が結びついた時、少しだけ未来に向かって歩き出せるような気がした。

『そうだ、誰も僕のことを知らない場所に行こう』

進学する気も殆どなかったのに、思いがけない自分の言葉に驚いた。でも、その選択は正しかった。不思議な力が僕をここまで導いてくれた気がする。

ネガティブなことからはすべて解放されたはずだった大学への入学も、もう少しでまた元に戻ってしまうところだった。僕をその恐怖から救ってくれたのが有村未夢だ。有村によって僕の大学生活は大きく飛躍した。突然の交通事故で体質が変化したように、今まで運動なんかしたこともなかった僕が名門興亜大学野球部のレギュラーにまでなることができた。そして今日、全国大会で優勝した。これは本当に、本当に奇跡でしかない。

　何もかもが出来過ぎのようだったが、血を吐くような辛い練習も、ドロドロになりながら泥色のボールを追いかけたことも、何もかも僕自身の紛れもない体験だ。この上にすべての栄光が乗っている。

　今、僕は強くなった。


　小学四年生の頃、昼休みに体育館で野球をしていた時、上級生からあらぬ難癖を付けられ床に押し倒された。そして顔面に何発もドッジボールをぶつけられた。あの時「やめろ！」と叫んで助けてくれたサチオは、今でも僕のヒーローだ。

　よく思い出せばあの日、母から外に来いと急かされなければ、そしてホタルを見なければ……。もしかしたら僕は自殺をしていたかもしれない。進学か就職かの二択以外の第三の選択、それは人生を終了させることだった。ホタルを見た直後、浮かんできたサチオの顔。たった一学期だけ同じ学校にいた僕のヒーロー。

　サチオ、明日のスポーツ新聞で僕の名前を見つけてくれ！　そして連絡してくれ！

　いつかサチオと再会したら、あの頃の弱い泣き虫の僕じゃなく、ずっと逞しくなった姿を、今のこの僕の姿を見てほしい。大好きな野球で頑張っている姿を見てほしい。真っ直ぐに生きていれば、そう、ブリキを磨き続けて鍛錬を続けていれば、突然サチオに遇っても、恥ずかしくない気持ちで君と向き合うことができる。

サチオ、再会を楽しみにしている。

あの少年…試合後にサインを求めてきた少年

少しだけ不思議な出来事だった。僕が打った決勝打はエンタイトルツーベースだった。スタンドでそのボールを拾った少年が誇らしそうに腕を伸ばしてスタンドにいる観客にボールを見せるような仕草が印象的だった。ホームランでもないそのボールにサインしてくれと言ったその少年は、入院先の帝都大学附属病院から抜け出してきたと話した。そしてあの佐々木隆選手の大ファンだった。少年が僕の掌に指で書いてくれた『翔』という字をボールに書き入れた。

優勝祝賀会はチアリーダーやその他大勢が集まってくれて盛大に行われた。パーティの途中、有村に呼び出されて長崎ヒカルの話を聞いた。応援席に座る有村の隣にいたのが長崎ヒカルだった。最近芸能スキャンダルで賑わせていたあの女優、長崎ヒカルだ。

彼女が本当に好きなのが橋下雅人という同級生で、事務所に無理やり中絶手術をさせられて、その後大物俳優の岡野亨と一緒にホテルに入るところをスクープされたけど、本当に好きなのが橋下雅人…ってゆうか、これも書く必要あるの？

『真剣に話を聞くって約束してくれる？』

耳元で有村の言った言葉が聞こえてきた。篤はボールペンを握り直すと再びレポート用紙に向かった。

有村未夢

有村は今まで出会った誰よりも不思議な人かもしれない。僕の人生の軌道を修正してくれた友達。生まれてはじめての友達。いつか君に僕の暗い過去の話をした。結構詳しく話したと思う。でも君の話はまだ何も聞いてない。特に高校時代の君のことは何も知らない。まさか、話せないほど辛い高校時代を過ごしたとか？　大学卒業までに一度有村の高校時代の話を聞いてみよう。話してくれるかな？　僕はもう大抵のことじゃ驚かないし、たとえそれがどんなつらい過去でも、今の僕は何でも受け入れることができる。この強靱な体と精神力で。

今後僕らは何があっても友達だ。僕はもう多少の障害があってもそれを乗り越える自信がついた。いつか有村がピンチに陥ったら、その時は僕が助けに行く。絶対に！次は僕が君のヒーローになる番だ。

本当にありがとう、有村。僕の方が、君に「ありがとう」を言うよ。君は間違いなくサチオと同じ僕のヒーローだ。


篤は思い出す限りの出来事をレポート用紙に書き込むと、有村に言われた通りにそのレポート用紙を何度か読み返した。


時刻は深夜二時を回っていた。

篤は大欠伸《あくび》をしながら立ち上がると、トイレに行くために寮室を出た。以前から水の出が悪い二階のトイレの出入り口には『使用禁止』の張り紙がしてあった。

篤は仕方なく一階まで下りてトイレに向かって歩いていると、突然ぼーっと出現した人影に心臓が止まるかと思うほどびっくりした。よく目を凝らしてその人影を見ると、それは、有村だった。

「……有村？　びっくりさせるなよ～」

「ありがとう。こんなに遅くまで、頑張って書いてくれたんだね」

「いや、その～、まあ確かに～、勢いづいたみたいにペンが走って、ハハハ…」

　有村はすうーっと篤の傍まで近づいてくると、そのまま両手で篤の両腕をしっかりと掴み、つま先を大きく伸ばしながら、そして、彼の唇にキスをした。金縛りにあったように固まり、動けないまま大きく目を開いたままの篤を残して、彼女は「ありがとう」ともう一度言うと、闇の中へと消えていった。

七

深い水の底から水面まで脱出するような、重く苦しく気だるい感覚だった。長い水のトンネルを潜《くぐ》りながら、体に新しい感覚が備わったかのようで、耳も目も肌の感覚も今までとは少し違うように感じた。瞼に目ヤニがこびりついているようで、目を開くことさえ困難で、白っぽい光が瞼の隙間から眩しく差し込んでいた。明るい光が昼間だということを教えてくれてはいたが、頭の殆どがまだ夢を見ているように思考できない状態だった。体を起こそうとしてもがいても動かず、頭の中だけでもがいているような感じだった。眩しく光るこの部屋の雰囲気に、馴染みのない違和感を覚えた。もがく気持ちと働かない思考と妙に明るい光に音が加わった。始まる前の映画館の座席にでも座っているかのようだった。音は誰かの話し声だということに気がついたが、その意味を考える思考力がまだ立ち上がってこなかった。やがて、また深い闇の中へ落ちそうになる。

そしてまた光が見えて、…音が聞こえてきた……。

「やなぎたさ〜ん」

『やなぎたさん…？』

しばらくの間、意味を成さないその音が、人の声だとわかるようになると、ゆっくりと思い出すように、その声の意味するものが自分を指すものだと理解できるようになった。

『まさか！　寝過ごし、遅刻？　やばっ、練習？　授業？　どっちだっけ？』

「やなぎたさ〜ん」

異常なほど口の中がカラカラに渇いていた。

「み　ず…」

自分が発した声と自分の呼吸する音が耳に届いた。まるで初めて呼吸ができたような感覚だった。同時に声の出しにくさも感じた。いつものような声が出ない。そして体も動かなかった。そして何よりも喉が張り付くように渇いていた。

「み　ず…う」

口の中に硬いものが入った。それが舌の上で一旦止まり、とろっとしたものが少し喉の奥に流れ込んだ。

「柳田さ〜ん」

誰かが篤の名前を大きな声で呼んでいた。彼はその声に答えたかったがうまく声が出せなかった。

『昨日の試合も…、大声を、張り上げてたもんな～　きっと優勝して、ホッとしたから…風邪でも引いたかな？』


「…様子はどうかしら？」

「もう三日目ね。意識が戻るって肉体的にも相当負担がかかるみたいね…」

『誰かが話す声が聞こえてきた。最近似たような声が何度か聞こえてくるようになっていた。夢をみているのだろうか？　夢と現実の間にいるようだった。それにしても…、体が、全然動かない…いったいどうなっているんだ？』

「まあ、中西《なかにし》さん。あなたもう出てきちゃって、大丈夫なの？　もう一、二日いても～　実家も、それから雪も大変だったでしょうに」

「ありがとうございます。ご迷惑をおかけして…」

「そんなことないわ。それより、柳田さんが目覚めたのよ」


「柳田さん、聞こえますか？」

「…あ～、は　い」

誰かの声が聞こえてきた。顔を触られているのがわかった。そして重たい瞼をようやく少し開く事ができた。それでも焦点は合わず、白っぽいカーテンといそいそと歩き回る人影が見えた。

『…看護師？』

なぜ看護師が何人も動き回っているのかわからない篤は、まだうまく動かせない頭をぐるぐる回転させるように周りの状況を見渡し始めると、ようやく少し焦点がはっきりとしてきた。

「柳田さん」

頭を動かすことさえ自由にできない篤は、声のするほうに目だけを向けた。

「何やってんだ？　有村？」

焦点がまだ少しぼやけていたが、目に映ったのは看護師の格好をした有村だった。

『優勝祝賀会でマネージャーたちが何か仕組んでいるのかもしれない』

看護師の格好をした有村は一瞬ピクッと反応したように見えたが、何も返事が返ってこなかったのでもう一度「お前、何やってんの？」と口に出すと、振り返った彼女は少し怪訝そうな表情を浮かべた。

「やっぱり、混乱しているのね」

有村の後方から別の誰かの声が聞こえてきた。重く気だるい体だったが、頭をあまり動かさないようにして目だけを足の向こう側にいるその声の主に向けると、そこには同じ看護師の格好をした見たことのない恰幅のいいおばさんが立っていた。

「おはようございます。柳田さん」

「お、おはよ、ござい…」

うまく声にできず、体を揺すろうともがいたが金縛りのように体が言うことを聞かない。目をもう少しだけ大きく開くと、目の奥に重い痛みに似た疲れを感じた。二、三度大きく深呼吸する。胸の奥の肺胞が急に大きく膨れ上がって毛細血管が切れたのか、地獄のシートノックの時に感じた血の味がした。


「皆さん、ここで何しているんですか？」

恰幅のいい看護師が篤の側に近寄ってきた。

「柳田さん、良かったですね。信じられないかもしれないけど、あなた、ずっと眠っていたのよ。三年近くも！」

篤の耳は、この看護師の話す言葉がまるで意味の成さない単語の羅列となって耳から入り頭の後ろの方から抜け落ちていった。夢の中で、また別の変な夢を見ているようだった。

「私は看護師長の三浦《みうら》です。こちらはあなたの担当看護師の中西さんよ」

三浦と名乗った看護師長は有村を中西だと紹介した。篤はもう一度有村を見ると、その顔は篤が毎日のように見ていた有村と雰囲気は似ていたが若干年上で、見た目も少し違う別人だということが理解できた。そこまで頭が回ってくると、途端に篤の記憶の整合性が崩れ始めた。

「そんなはずはないでしょ。いつものように寮で寝て、目覚めたらここにいたんだ！」

「柳田さん、もう一度言うけど、あなたは三年前に交通事故でここに運ばれてきたの。大学に入学してすぐに交通事故にあったのよ。大変だったわね～」

三浦は篤の目を覗き込むように話を続けた。

「あなたは、三年前、大学からアパートに帰る途中、トラックに撥ねられてここに運ばれてきたの」

「その事故は覚えてます。確かに僕は一年生だった四月の終わりに交通事故にあって救急車でどこかの病院に運ばれました。そこで三日間意識不明でした。でも一〇日ほどで退院しました。それ以外は、事故にはあってません」

三浦は、隣にいる中西と目を合わせるともう一度篤を見た。

「あなた眠っている間に長い夢を見ていたようね。そうだ、中西さん、少し柳田さんのお話を聞いてあげて。私は他の病室を回ってくるから」

三浦はそう言うと病室から出ていった。中西はちらっと腕時計を見ると、篤の検温と血圧を測定し始めた。

「交通事故はどこで起きたか覚えてる?」

「東小金井駅の近く…」

「まあ、それは端然と覚えてるのね」

「馬鹿にしてるんですか?」

「そんなことないわ、ごめんなさい。でも柳田さんはここに運ばれて以来目を覚ますことなく今まで眠り続けていたのよ」

「そんなバカな。僕は、僕は確かに退院して…」

篤は一旦言葉を切ると思い出したように中西に聞いた。

「…体が動かないいんですけど…」

「三年近くもベッドの中にいたのよ。すぐには動けないと思うわ。検査が終わればすぐリハビリが始まるから、それまでは手足の指を動かすように意識して練習すると良いわ。……あなたのお話の続き、それからどうなったの?」

篤は中西に促されると記憶をたどるように当時のことを話し始めた。

「……一〇日で退院した僕は、大学の友人と二人でリハビリを兼ねたトレーニングを始めました。すると入院中に体重が落ちて体も軽くなって、今までスポーツをしたことがなかったのにどんどん走るのも速くなって、体育祭で大活躍しました。それがきっかけで野球部に入部して、日の出寮で毎日野球漬けの日々を過ごしていたんです。そして三年が経ち昨日とうとう全国大会で優勝したんです。祝賀会が終わって寝て起きたらここにいたんです。僕にとってこれは狐につままれているとしか言いようがありません」

中西はしばらく黙って篤の話を聞いていたが、体温計と血圧計を持って立ち上がった。

「久しぶりに起きたんだから混乱しているのね。今日もまた午後にご両親がお見えになるそうだからゆっくりお話でもして思い出せばいいわ。今までずっと体も動かしていなかったから辛いと思うけど、あなたの頭も体も、基本的には異常はないの。今まで目覚めなかったのは頭の打ちどころが悪かったとしか言えないんだけど、あとでリハビリについて理学療法士が来て説明するから、その時不安なことを相談すると良いわ」

「僕の体は、異常はないんですか？」

「そう、眠っていた三年間で骨折などはすべて治っているの。包帯も全部取れて脳波も異常ないわ」

中西はそう言って出ていった。

篤は中西の話の半分も耳に入っていなかった。篤は昨夜寮から出てコンビニでも行ってその時交通事故にでもあったんだろうと信じて疑わなかった。

「あの優勝パーティのあと、コンビニになんか行ったっけかな～？」

祝賀パーティの後で外へ出かけた記憶はまったくなかった。篤は大きく深呼吸すると軽く目を閉じ、息を吐くと同時に肺が萎み、そして吸うと同時に大きく膨らんでいるのを感じながら次に心臓の音を全身で聞くように耳を傾けた。

ドックン、ドックン、ドックン…

そして手の指先、前腕部、上腕部、肩の順に少しずつ力を入れ、それぞれ部分的に感じることができるかを確認した。足も同様に意識して感じた。頭や背中、胃や腸に至るまで同様に意識を集中させて動かしながら感じた。

『手の指は比較的自由に動かせる。足の指は全部一緒に感じる。首も少し動くぞ…胃も腸も…わかる……』

篤は中西が出ていったあとで、足の爪先から頭の天辺まで感じられるように全神経を集中させた。この動作をしばらく繰り返し続けていると額に汗がにじむのが感じられた。

『くっそ～、何がなんだか全然わからないけど…、ふざけるな』

午後になると両親が病室へとやってきた。久しぶりに見る両親は二人とも痩せていて、背まで低くなったんじゃないかと思えるほど老け込んだように見えた。二人ともダウンジャケットを着込んで、まるで真冬のような格好をしていた。篤は久しぶりに見る両親のおかしな格好を見ながらうっすらと笑みを浮かべた。

「久しぶり～、元気？」

篤のとぼけたような明るい言い方に、両親は笑いと一緒に涙ぐみながら微笑んだ。

「ほんとに、一時はどうなってしまうのかと思ったよ」

「篤、よく頑張ったね。よく戻ってきたね」

両親は数年ぶりにでも会ったかのような言葉で篤に話しかけた。

「大袈裟だよ」

篤が照れくさくなって答えるが、両親は大真面目だった。

「大袈裟なもんか、いったいどれだけ心配したと思ってるんだ」

「あなた、良いじゃないの」

父の態度を諭すように母が割って入ると、些細なことで反応してしまった父も、口ごもるように話題を変えた。

「篤、お前、いったいいつまでの記憶があるんだ？」

「いや、だからさっき看護師にも言ったんだけど、昨日までのことははっきり覚えてるんだって。昨日全国大会で優勝して、その祝賀会のあと寝て起きたらここにいたんだ」

両親は互いの顔を確かめ合うように見つめると、表情を曇らせながら引き攣るような笑顔を浮かべた。

「そう、昨日？　何かの大会があったのね～」

「昨日どこで事故を起こしたのか…覚えてないんだ。コンビニに行った記憶もないし…、そうだ！　もしかしたら部員が探しているかもしれない。寮に電話して大丈夫だって言わなきゃ。ねえ、スマホ貸してくれない？」

「私がかけるから、何番か教えてくれる？」

「…電話番号、は…………、あれっ、お、思い出せないや。そうだ、大学へ電話して聞けば良いんだ。大学、大学」

篤はそういいながら母親に大学に電話するよう依頼した。

「篤、だいぶ混乱しているようだけど、それは無駄だよ」

「えっ、どうして？」

父は篤の顔を見ると、ゆっくり言い聞かせるように話し始めた。

「篤、大学に入ってすぐに交通事故にあったのは覚えてるか？」

篤は中西との会話を思い出した。三年前の交通事故のことだ。今現在のことではない。

「その後一ヶ月経っても半年経ってもお前は眠り続けていたんだ。怪我は両足と肋骨の骨折だけで頭部に多少の打撲痕があったけど、ＭＲＩ検査では脳に異常は見られなかった。体の傷も数ヶ月経つ頃にはギプスも取れてきれいになった。医者が言うには、頭を打った所為で、神経の伝達システムに問題が起きたようで、そのままずっと眠ったままになった。ワシらは一旦大学に休学届を出した。そして一年が経った。この頃になるとワシらも精神的に参ってな、大学に退学届を出したんだ。それからは定期的にここに来るようにしたんだ。富山から東京までも大変だし、正直回復しないんじゃないかと思い始めていた」

「アパートも割とすぐに引き払ったのよ」

「それじゃあ…、僕がここにいる間に、誰か友達は来てくれた？」

両親は篤の質問には答えず首を横に振った。

「そんな、はず…」

篤が反論しようと口を開いた時、同時に仲の良かった野球部員の名前も顔も浮かんでこないことに気づいた。何もかもがよく思い出せなくなっていた。伝えたいことがたくさんあるのに、言葉や名前がわからなくなっていた。母が涙を拭きながらハンドバッグからコンパクトを取り出すと、それを篤に差し出した。篤は少し動かせるようになった手で弱々しく開いたコンパクトを受け取ると自分の顔を見た。そこにはモサモサに伸び切った天然パーマの頭と、もじゃもじゃに伸びた髭に隠れ、頬がこけ目が窪んだ見たことのない人物の姿が映し出されていた。篤は、コンパクトを持った手を力なくだらりと下げると、顔を横に背けた。

「そんな…」

「永い、永い夢を見ていたんだ、篤」

「…ゆ、め?……」

涙が溢れ目の窪みに溜まった。一滴、また一滴と涙が溜まったが、それでもまだ涙は窪みからこぼれ落ちてこなかった。

「地獄、地獄に……落ちた、のか…………」

『これが現実ならば、現実とは……、地獄そのものじゃないか……』

棍棒《こんぼう》を持った鬼が篤を地獄に突き落とす様子が頭に浮かんだ。

カーン
しかし次の瞬間、監督のノックする音が頭に響き渡った。その音に体が反応した。頭の中に何度も何度も死ぬほど繰り返されたシートノックの場面が浮かんできた。
『くっそ〜、ふざけんな〜、ふざけんな、ワー、ワー、ワー』

篤は「フ〜」と大きく息を吐くと大きく吸って全身に力を入れた。腹筋も背筋もまだまるで言うことを聞かない。篤はもう一度大きく息を吐き、また吸って体中に力をいれた。

「くっそ〜、動け」

そう言うともう一度全身に力を入れた。

「くっそ〜〜〜」

首を左右に振る。でも頭を持ち上げることができない。肘までは曲がるが肩を大きく回すことができない。膝を折り曲げることはできるが指先の感覚はまだない。腰を中心に左右寝返りをうつことはできるが布団が重い。篤は深呼吸すると肺や心臓、胃と腸、頭と首、手足にそれぞれに意識して動かす練習を始めた。何度も何度も繰り返すと、額にポツポツと浮き上がった汗が筋を描いて流れ落ちた。

暫く必死になって体を動かすようにもがいていた篤は、思い出したように両親を見た。両親は急に目の色を変えて運動し始めた篤に対し、どう接したら良いのかわからずにただオロオロしながら篤の様子を見ていた。

「二人ともわざわざ来てくれてありがとう。もう帰っていいよ。二週間後にまた来てよ。その時までに歩けるようにしておくからさ」

そういうと腹に力を入れて起き上がろうとした。頭から汗が噴き出し流れるのを感じたが、いくら力を入れても体を起こすことはできなかった。汗に混じって涙が出ていた。

「くっそ〜、もう一回、もう一回、さあ来〜い──！」

両親は篤の迫力に押されるように病室を後にした。

「ねえ、あなた、少し変じゃない？」

「ああ、……確かに変だった。眠っている間に……、人格まで変わったみたいだ」

「…本当に。あの人、篤かしら？　まさか別人なんじゃ…」

「それはないだろ〜　いくらなんでも。入院当時は一〇〇キロ以上あった体重が、三年近くも寝たきりになって四五キロにまで減って、見た目があの篤じゃなくなったことは確かだ。記憶の混乱も、仕方ない…仕方ないけど、確かに、お前の言う通り、あれは篤じゃないように見えてしまう」

「あんなに真剣に起き上がろうと努力する姿なんて、今まで一度も見たことがないわ。家でもベッドの上に寝転がってただけだったじゃないの。私、何だか少し怖いわ。見た目も全く別人で、性格まで全く別人なんて、退院したあとで一緒に生活できるかしら？」

「まあ、落ち着け。医者も言っていたように、三年近くも眠っていたんだ。記憶障害があるのは普通のことだ。しばらくすれば元に戻るよ。記憶に関しては本人が何とかする以外ないだろう？　本人に任せるしかない。それに、篤の言う通り、次の見舞いは二週間後にしてみないか？　時間が少しずつ解決してくれるさ」

「まさか、あなた本気で二週間後にあの子が立てるとでも？」

「そんなことは思ってないさ。そういう意味じゃない。医者の言う通り、半年くらいはリハビリが必要だと思うよ。でも今篤は必死で立ち上がろうとしている。親がいたらやりにくいだろ？」


篤が目覚めてから八日目の朝、交替を終えた中西が病室回りをしていると、篤が腰を軸に両膝を腹につけるような運動をしているのが見えた。

「柳田さん、ダメよ、あまりむちゃしちゃ」

篤は彼女の言葉を無視するように、神経を腹の中心に集めるようにしながら動作を続けた。中西は怪訝そうに運動する篤をしばらく見つめていると、篤がインターバルのタイミングで振り向いた。

「おはようございます。体温と血圧ですか？」

「そうよ」

中西は篤の病衣のはだけ具合と汗、そして漂う体臭を感じた。そして彼が一時間以上も運動していたんじゃないかと思えてきた。申し送りでは『少し勝手に動き始めた』とあったが、これはおそらく少しどころではないと思われた。しかし病人の多くが持つある種特有の生きる意欲の欠如というのか諦めという雰囲気は、彼から全く感じられなかった。三年間も眠り続けた後に目覚めた人の深層心理は『もう死にたい』と訴えることが多いと研修で聞いたことがあったが、彼のやせ細り窪んだ目の奥にある鋭い眼光は生きようとする力に溢れていた。目覚めた彼と初めて会った時に、この純粋な目の奥の光を感じた時から、中西は彼の内面から迸《ほとばし》るような勢いに心を揺り動かされるように感じた。それは中西にとって二度目の経験だった。篤から感じるのは純粋なスポーツマン特有の爽やかな圧力であり、それは決して排他的ではないものの不用意に近づくことを許さず、それでいて放ってはおけない気持ちにさせるような不思議な魅力を放っていた。

中西がバインダーに挟んだ用紙に検診の数値を記入し終えた時、篤はその特殊な雰囲気を放ちながら勝手なリハビリを再開した。

「ねえ、柳田さん、後で昨日聞いた夢の続き、また教えてくれない？」

篤は背中を軸に頭を浮かせ、膝を抱え込む動作をしながら答えた。

「簡単に夢って言いますけど、僕の中じゃ、あれが夢だなんて思ってはいません。だから……、フウ……」

篤は一旦深呼吸をしてインターバルをおいた。

「だから、自分自身で確かめたいと思ってます」

運動を終えた篤は中西に着替えをお願いした。同時に体も拭いてもらった。多少運動のようなことができるようになったとはいえ、関節の可動域も健常者の半分程度で、まだ一人で起き上がることも立ち上がることもできない状態だった。

骨と皮のようになった体とむさ苦しい頭と髭の姿を想像すると、また地獄という言葉が耳元から聞こえてきた。そしてこの地獄という言葉が浮かんでくると同時に、監督の振るバットの音が聞こえてきた。

カーン
「もし良ければお話ししてくれない？」

もう一度中西に促されると、篤は病室の天井に焦点を合わせるようにして話し始めた。

「僕が交通事故にあったというのは、東小金井駅の周辺で間違いないんですよね？」

「ええ、詳細までよく知らないんだけど、間違いないと思うわ」

「僕は、僕の記憶では、三日間の意識不明から回復して、友達と一緒に公園でリハビリを兼ねてトレーニングを始めたんです。そのトレーニングはどんどん効果を上げて、僕はかなりのスピードで走ることができるようになりました。その頃大学で行われた体育祭に出場すると、僕は一〇〇メートル走と四〇〇メートル走で数多《あまた》ある運動部の選手を制して優勝しました。一五〇〇メートル走にも出場しましたが、陸上部に一位から七位までを独占されて僕は八位になりました」

「本当？」

中西は『いい夢ね〜』と勢いで言いそうになり、慌てて口をつぐんだ。

「帰り支度をしていた時、既にグラウンドで練習を始めた野球部のボールが足元に転がってきました。僕はそれを拾うと一〇〇メートルほど離れた場所からバックネットを目掛けて思いっきりボールを投げました。ボールは突き刺さるような音を立ててバックネットを揺らしました。それを見た監督が、僕に野球部に入れと声をかけてきたんです。こんなにもリアルなのに、どうしてこれが夢だったなんて信じることができますか？」

中西は優しく篤に病衣を着せると、ブランケットをかけた。

「しばらく混乱するのかもしれないけど…きっとそのうち…ね」

「忘れてしまうというんですか？」

「…いえ……、そんな……」

「僕にとってあの出来事は、リアルであって現実でした…だから、僕は………」

篤は話しながら寝息を立て始めた。中西は篤が眠ったことを確認するとそっと病室から出ていった。

小一時間ほど眠った篤は、目が覚めてからしばらくボーッとしながら病室の中を見回していた。結局何度寝て起きても、この病室から抜け出すことはできなかった。次に目覚めた時には寮室にいることを強く願っても、やはり目覚めると同じ病室の中にいた。動かない体に意識を集中させながら動かせるように頑張ってみたものの、頑張れば頑張るほどこの病室の中が本当の現実世界だと思い知らされた。この体も風貌もすべてが本当の現実とは何かを教えていた。まだリハビリも始まっていない段階で必死になって復活を願ったのは、もう一度グラウンドに立つためだった。しかし冷静に考えてみれば、篤が立つことができるグラウンドなどどこにも存在しなかった。

「これが、本当の、げ、ん、じ、つ…………」

翌朝交替を終えて病室にやってきた中西は、ベッドの中で暗くふさぎ込んだ貝のようになっている篤を見て少しドキッとした。死んでいるように見えたからだ。布団に触れた時の温かい温度を感じた中西はホッとした表情で布団を逸《はぐ》った。

「おはようございます。柳田さん、どうですか具合は？」

「…普通です」

弱々しく呟くように話す篤の額に手を当てると「熱はないみたいね。さあ、検診です」

そう言うと体温計を篤の右脇に入れた。

「三六度八分。血圧測りますね〜」

そうして事務的に仕事をこなすと病室から出ていった。

お昼時間にも検診に来て同じ作業をした中西は、食事に手を付けていないのを確認すると「ダメですよ、食べなきゃ。もっと痩せますからね」と言って去っていった。

一五時の検診も事務的な問いかけをして篤の額に手を当てた。

「今日は、食事しないんですか？」

篤からの返事もなく、中西はそのまま黙って病室から出ていった。

一七時過ぎに病室を訪れても夕食には全然手を付けていなかった。準夜勤務者と交替した中西は私服に着替えて篤の病室を覗いてみた。

「どうしたの、今日？」

返事もせず無言のままの篤に中西が話しかけた。

「柳田さん、栄光の三年間が地獄の現実に変わったんですものね。吹き飛ぶようなショックを受けたんでしょうね。昔、講義か何かで聴いたことがあったんだけど、人間の脳は夢も現実もまったく区別できないんだって。だから、柳田さんが見たものが、あなたが事実だと思えば、きっとその通りなんだと思うわ。私はそれを否定するつもりはないわ。それはあなたの大切な思い出ですものね。思い出を大切にするのは悪いことではないわ。だから……」

「その思い出ってやつを忘れれば、何もかもなくなる……」

「えっ？」

「どんどん消えていくんです。あの三年間が……段々と少しずつ朧げになって……人の顔も名前も……、もう、何が何だか本当にわからなくなってしまって……」

中西は、気力が消えるように呟く篤に言葉を失った。

「……いっそ、いっそこのまま、ぜんぶ……生まれてから今までの……記憶全部が消えればいいのに…………」

布団を被って嗚咽する篤を見ながら、中西は掛ける言葉もなく立ち竦んだ。

『記憶の混乱というのはこれほどまでに人を苦しめるのか？　思い出せなくなる病気のアルツハイマーや認知症は、記憶を失ってしまうことで概念そのものがすっぽりと抜ける。何を忘れたのかさえわからないこの種の病気で苦しむのは、本人よりも家族の方だ。本人にとってそれはないものだからないということでしかなく、悩むことさえできない。そして夢は目覚めた途端忘れることが多い。かなり強烈な夢でさえ、目覚めた後何度か反芻するように思い出さなければそのうちにまったく忘れてしまう。

それが単なる夢であれば、忘れてもいいかもしれない。しかしこれをひとつの思い出として捉えてしまうとどうなるだろうか？　彼は今、忘れていく思い出に恐ろしいほどの悲しみと恐怖を感じているのではないか？　彼にとっては、大切な思い出を忘れてしまうことが何よりも辛いことに違いない』

篤の病室を出た中西は、気づけば病院の一階にあるコンビニエンスストアの中に足を踏み入れていた。

『思い出すことから順番に書き出してみればいいのよ。本人の気持ちを落ち着かせるためにも、リハビリに力を入れるためにも』

「ボールペンはこれがいいかな」

中西は独り言をつぶやきながら三色ボールペンをかごに入れた。

「ノートは、どれがいいかな…」

棚にはノート類がどれも売り切れていて、残っていたのがジャポニカ学習帳とレポート用紙だけだった。

「仕方ないわね。私も明日から二日間お休みだし…これでいいかな」

中西は一人でブツブツ呟きながら商品をかごに入れると、会計を済ませて再び篤の病室まで行った。

病室に入ると、相変わらず食べた痕のない食事のトレーがベッドサイドテーブルに置かれ、篤は寝息を立てて眠っていた。中西はトレーを持ち上げると、テーブルの上にコンビニエンスストアで購入した紙袋を置き、そのままトレーを持って外に出た。多目的広場に置かれたワゴンの中にトレーを仕舞うと「ふうっ」と一呼吸して自宅へと向かった。

深夜に目が覚めた篤は、ベッドサイドテーブルの上に紙包が置かれているのを目にした。手を伸ばして紙包を取ると紙の袋を破いて中の物を取り出した。中には赤青黒の三色ボールペンとレポート用紙が入っていた。

廊下の明かりがドアの下から漏れる薄暗い室内に目が慣れてくると、優勝パーティが終わった後に寮室に戻ってきたことを思い出した。

『あのとき…誰かに何かをしろと言われたんだったな…何をするんだったかな？』

篤は手に持ったボールペンとレポート用紙を見ると、寮室にあった花崗岩柄のビーンテーブルの上に広げられたレポート用紙とボールペンが目に浮かんできた。

『そうか、何かを書けと言ったのか…何を…書くんだっけ？……』

しばらくベッドの中で項垂れるように考え込んでいた篤だったが、何かを書き、それを何度か読み返していた自分の姿が蘇ってきた。しかし、最初に書いた言葉が見つからず、その内容もなかなか思い出せなかった。

カーン

それはノーボールツーストライクからの高めに浮いたストレートだった。篤の打ったボールはレフト線上に落ち、大きくワンバウンドをしてそのまま観客席に入るエンタイトルツーベースヒットになった。

『あの日、あのゲーム…』

やがて篤の脳裏にボールを持った少年の姿が浮かんできた。

「そうだ、あの少年のことをレポート用紙に書いたんだった。確か…そうだ、打ったボールがワンバウンドして客席に入りエンタイトルツーベースになったんだ。そのボールを拾った少年が…そう、ゲームが終わって帰る時に、サインをくれと言ってきた…」

篤は次第に少年のことを思い出してきた。そして電動式リクライニングベッドを起こしてベッドサイドのアーム式ベッドライトのスイッチを入れると、少年と交わした言葉をレポート用紙に書き込み始めた。

『少年へのサインのためにバッグの中から筆記用具を探している間に少年と話をした。

少年は確か病院から抜け出して一人でここに来たと言った。帝都大学附属病院から来たと。そして好きな選手は佐々木隆選手。ジャイアンツの主力バッターになりつつある成長株の佐々木選手は、八王子大学から二年前にドラフト指名された選手だった。彼のような人気者になればこんな少年ファンが付いてくれる。自分もそうなりたい。そう思ってボールにサインした。少年の名前は「かける」「翔」という漢字を僕の掌に指で書いてくれた。ボールに漢字で柳田篤と書いて「翔くんへ」と入れた』

篤は、自分でもびっくりするほど詳細に思い出すことができたあの時の光景を、レポート用紙に書き込んだ。

二日間の休みが明けて病院へやってきた中西は、篤が書くのに夢中になっている姿を見て穏やかな表情を浮かべた。

「おはようございます、柳田さん。気分はどう？」

「中西さん、おはようございます。ありがとうございました。あの〜、このレポート用紙の差し入れ、中西さんですよね？　お礼を言うの、遅くなったんですが……」

篤は元気よく答えると書いていたレポート用紙を指差した。

「ええ、ノート類が売り切れていたからレポート用紙しかなかったんだけど、何か書いてみた？」

「ええ、あの日の夜中に目が覚めたんです。そこで初めてこのレポート用紙を見て、一つだけ思い出したことがあったんで書いてみたんです」

中西がレポート用紙を見ながら検温と血圧測定を始めた。

「へ～、佐々木選手…結構目立ってる選手よね。プロになってまだ…」

「ええ、二年前にジャイアンツからドラフト一位の指名を受けた選手です」

「そうよね～、でも、どうして知ってるの?」

「こんなことを言うのもアレなんですが、僕は僕の夢が現実だと思っていますから!」

中西は、先日布団の中で泣いていた篤の姿を思い出しながら「まあ～不思議ね。でも夢が当たっていたなんてそれはすごいじゃない」と大げさに言った。

「佐々木選手って、結婚していましたっけ?」

「さあ、どうかしら。私はよく知らないけど」

「あの～、中西さん、調べてもらえません?」

夕方中西が検診のために篤の病室にやってきた。

「残念ね。佐々木隆選手はまだ結婚していません。隠し子でもいれば別かもしれないけど。でもね、一〇歳の男の子がいるということは、佐々木選手が一四歳くらいの時の子になるわ。ありえないでしょ」

　篤はまた打ち砕かれたようにうなだれた。それは確かにありえないことだった。念のため同姓同名の選手も調べてもらったが、同姓同名の選手はどの球団にもいなかった。もちろんイースタンにもいなかった。ここまで中西に依頼すると、中西の目も段々と吊り上がってきた。

『夢は夢……現実とは違う……』

　中西の目は無言でそう言っているようだった。


「…あら、今度の患者さん、同姓同名ね。気をつけなきゃ。『同姓同名』のスタンプを用意して。二つ必要よ」

「…でも年齢が、一八歳と、七六歳でしょ～……」

　病室の外で新しく入院してきた患者が同姓同名だということで、取り違いのないようにマニュアルの再確認をしている看護師たちの会話が聞こえてきた。

『同級生で同姓同名はややこしいけど、年齢が違えば確かに間違えにくい……』

「そうだ！　やっぱり同姓同名だ。引退した選手から『佐々木隆』選手を探せばいいんだ」

中西は目を吊り上げながら篤の話を聞いていた。

「それで、『今度は引退した選手の中に佐々木隆がいないか調べろ』って、そう言いたいのね！　悪いけど、今仕事中だから、自宅で調べて明日教えるから、それで我慢してね」

中西は半分怒ったように検診を済ませるとさっさと病室を出ていった。

「昨日自宅で調べたんだけど、確かに五年前のファイターズに佐々木隆選手というのがいたわ。もう少し掘り下げて調べてみたんだけど、どうやら三年前に離婚しているようね。子供がいたのかどうかまではわからなかったけど……」

「えっ、そうなんですか？」

「ん～、確か、現役を引退した後で奥さんと価値観が合わなくなったとか、そんなふうに書かれていたわ」

篤がもう一度あの少年が話したことを思い出している間に検診が終わり、中西は病室から出て行こうとしてドアを半分開けた状態で振り返った。

「佐々木選手の現在が気になるのね？　あとで私のスマホで調べてあげるわ」

思いもしなかった中西の言葉に、篤はベッドに横たわったまま頭を持ち上げるようにしてお礼を言った。

『少年は、たしかに病院から抜け出して来たと言った。帝都大学附属病院…佐々木隆選手が離婚、帝都大学附属病院に入院する翔くん……』

理学療法士の岸田祐介《きしだゆうすけ》は、篤を車椅子に乗せるとリハビリセンターまで運んで歩行訓練を開始するための準備を始めた。

「柳田さん、病室でのリハビリ、かなり一生懸命に頑張っておられるみたいですね。身体は長い間筋肉が使われていないというだけで、基本的には歩けるようになれば退院ということになると思います。そのために必要なのは筋力トレーニングです。立つにしてもまずは両腕で体を支える必要があります。まずはここに寝て、上半身を起こす動きからやってみましょう。無理しなくてもいいですから、ゆっくり時間をかけてやってみましょう」

岸田の指示に従い、篤は寝転んだ姿勢から床を手で押さえるようにして上半身を起こす運動を始めた。リハビリセンターの四方の壁に貼られた鏡に映る自分のやせ細った全身と、モサモサした髪の毛とむさ苦しく伸びた髭を見ると、夢で見たことが、野球部での体験すべてが、両親や病院のみんなが言うように夢だったと認めざるを得ないのが何よりも辛く感じた。「あまり意固地にならなくていいですよ」とか「無理しないで」という岸田の言葉に反抗するように頑張ってみても、体を思い通りに動かせない歯がゆさと情けなさで涙が溢れてきた。

『これが、本当の、僕…………』


昼に病室に来た中西が佐々木選手の情報を持ってきてくれた。

「佐々木隆選手は、五年前に引退して、三年前に離婚しているようね。いくつか調べたら息子さんが一人いるみたいね。今は目白で居酒屋をしているようよ」

「…居酒屋…何て名前ですか、その居酒屋」

「ちょっとまってね～。ん～、『山小屋デンバー』って書いてあるわ」

「中西さん、もうひとつお願いがあるんですが」

「なに?」

「帝都大学附属病院に佐々木翔君という一〇歳くらいの男の子が入院していないか調べてほしいんです」

「まさかそれって……」

中西はその後に続く『夢の検証?』という言葉を押し殺すように飲み込んだ。

「僕はさっきのリハビリセンターで、僕の全身を鏡で見ました。頭の中だけなら僕のあの三年間は夢や幻ではなくリアルな現実でした。でも、この姿は、間違いなく三年間眠っていたことを裏付けます。皆さんが言う通り、時間をかけて受け入れていくしかないんだと思います。でも、本当に僕はそこでの三年間をリアルに過ごしたんです。これ以上主張し続ければきっと僕はこのあと精神科に行くことになります。でもこれは僕にとって疑いようのない事実なんです。僕の見たものが、もし現実とは何の脈絡もないただの夢であれば、僕はすべてを夢だと認めます。単に夢だっただけだと認めます。でも僕は、僕が見たこの夢に、何か特別な意味があるような気がしてならないんです」

「ん～、も～う。わかったわ！　勤務交替した後で帝都大学附属病院に問い合わせしてみるから」

中西は準夜勤務者と交替すると帝都大学附属病院を訪れた。篤には問い合わせると話したが、特別な事情でもない限りそんなことを問い合わせることなどできるはずはなかった。つまりそれを知るためには実際に病院へ行くしかない。そして病院までたどり着くと面会時間はとっくに過ぎていたので、時間外受付で佐々木翔君という少年が入院していないかを確認した。

「え～と……佐々木翔さんは～、中央病棟四階四〇一〇号室です」

受付で確認すると佐々木翔という名前の患者は確かにこの病院にいることがわかった。しかし佐々木という苗字や翔という名前はいくらでもある。その二つが組み合わさっても相当の数があるだろうと思われた。中西は時間外受付で名前に『くん』を付けて敢えて子供ですということを伝えたつもりだったが、受付の名簿に入院患者の年齢まで記入されていないのか、警備員の表情からは佐々木翔という人物の年齢についての情報は、何も読み取ることはできなかった。

中西は、篤が三年間もベッドの中で眠り続けながら見ていた夢が現実と区別できなくなり、それが単なる夢だということをどうしても受け入れられないことは頭の中では十分に理解していた。この自分の行動が結果的に彼をがっかりさせてしまうことになることも容易に想像できた。しかしこれは同じような経験をするものであれば、誰もがいつかどこかの時点で受け入れざるを得ない現実だ。看護師という立場上、彼女の行為は特定の個人の患者に対する行き過ぎたものだったが、中西は夢と現実が入り乱れて混乱し苦しむ篤を、少しでも現実に導きたいと思っていた。そしてそれには患者との信頼関係が大切だと考え篤の依頼を引き受けることにした。

『お互い信用できない間柄になってしまえば、看護という根本が揺らいでしまう』

中西は覚悟を決めながら中央病棟四階のナースステーションに行った。

「あの～、時間外のところ大変申し訳ございません。実は、ここに佐々木翔くんという一〇歳くらいの男の子が入院していると…」

「はい、いらっしゃいます。ご面会ですか？」

「いえ、実は面会ではないのですが…そのう～、その男の子は～……」

「佐々木さんはＩＣＵにいますのでご家族以外の方の面会はお断りしております。失礼ですが？」

中西は、看護師にどのように話せば良いのか戸惑った。看護師はまごつく中西を見ながら言葉を続けた。

「…それにお母様がまだいらっしゃるので直接お聞きになったらいかがでしょうか？お呼びしましょうか？」


中西がもじもじしている間に看護師がナースステーションの奥にあるＩＣＵに顔を突っ込んでいた。看護師に声をかけられた翔くんの母親と思われる女性は、怪訝そうな表情を浮かべながら廊下を通ってナースステーションの前までやってきた。

「あの～、佐々木ですが…」

白いブラウスの上に薄いブルーのニットを羽織り、焦げ茶色のロングスカートを穿いたこの女性は、ファッション雑誌のモデルのように均整の取れた容姿をしていたが、その顔色は蒼く、力ない細い肩が入院している翔くんの状態を表しているようにも感じられた。

そしてこの瞬間、中西は自分の犯した最大のミスに気がついた。脳の機能や記憶、正夢や予知夢や夢の中での対話などに興味があった中西は、そんな症状に悩む患者を担当したことで、自分の行動の先にも別のデリケートな患者がいるということがすっかり頭から抜け落ちていた。この行為は看護師として行き過ぎたものどころではなく、決してしてはいけないことだった。そして自分が呼んでしまった本人が、既に目の前に立っていた。中西は一瞬にして慙愧《ざんき》の念に堪えないほどの良心の呵責に苛まれた。

「大変申し訳ございません。実は、あの〜、人を、探して、おりまして、その〜、入院している佐々木翔君のお母様でいらっしゃいますか？」

自分でも失礼極まりないと思いながら、どうすることもできない状況に立たされた中西は、美しい蒼色の衣を羽織った薄翅蜉蝣《うすばかげろう》のような儚い女性に尋ねると、彼女は言葉を発することなく静かに首を縦に振って答えた。中西は彼女を促し、彼女が出てきた病室の突き当たりに見える窓側に置かれたベンチソファまで移動した。

「実は私、武蔵野医科大学病院に勤務する看護師の中西と申します」

恥を前面に出す覚悟で自己紹介を始めた中西に、彼女は少し首を傾げながら、なんとも言えない表情を浮かべていた。

「ごめんなさい、間違っていれば直ちに帰ります。…その〜…、実は、私の担当する患者さんが、ここに佐々木翔くんが入院しているっていうんです。その患者さんは交通事故で運ばれてきたんですが、実は三年近くもベッドの中で眠り続けていました。その間に見た夢こそが現実で、今目の前にあるこの現実を受け入れられずにかなり混乱しています。その患者さんが夢の中で、その〜、佐々木翔くんに会ったというんです。その患者さんの夢も、その〜、おそらくは夢の詳細も段々薄れていくようで〜、私は本人のあまりにも辛く切ない姿を見ていたので、思い出すことをひとつひとつ書き出してみなさいと言ってレポート用紙を渡したんです。そうして最初に思い出した出来事が翔くんだったようです。私も正直、自分自身何を馬鹿なことに付き合っているんだと思っています。でも、実際に佐々木という苗字も、翔くんという名前も、結構たくさんあるので、もし同じ名前さえなかったら、私も受付でさっさと帰ってしまったんですが、まさかこんなことになるとは、正直ごめんなさい。つまらない身勝手な理由で呼びしてしまって…」

「いいえ、大丈夫です。翔もその方と同じで、未だに意識不明のままなんです」

「えっ！…そうなんですか……、そんなこととは知らず、土足で部屋に上がるような真似をして、本当に申し訳ございませんでした」

彼女は首を横に振りながらも、目に涙を浮かべた。その美しい顔立ちは同じ女性としてもドキッとするほどだった。

「翔は今月、遊びに連れて行った屋内にあるレジャープールで溺れたんです。すぐに救急搬送されましたが、未だに意識が戻りません。もう一三日目になります。日頃の疲れで眠ってしまった私が悪いんです……」

うなだれる彼女に声をかける言葉もないまま、中西は勢いだけで行動したことを心底悔やんでいた。彼女の横顔を覗き見る資格さえないと思い、同時に激しい自己嫌悪が溢れ出すなか、引き取りのタイミングだけを必死に探していた。

「その患者さんは、翔の何を見たんでしょうか？」

不意に彼女から話の続きの催促がされた。中西は引き取るタイミングを計りながらも、彼女の質問に誠意を持って答える必要性に迫られた。

「今からお話しするのは……、あくまでもその患者さんの夢の出来事です。その患者さんが夢の中で出会った佐々木翔くんの映像がないので、私も正直どうやって整合性を取るつもりだったのかと、自分のバカさ加減を反省しています。でも……、その患者さんが書いたレポートの内容を話します」

彼女は軽く頷くと、中西の話の続きを待った。

「その患者さんの名前は柳田篤さん。三年前に交通事故で運ばれてきました。私はその時から柳田さんの担当看護師をしている中西と申します。そして三年が経ったつい先日、とうとう彼が目を覚ましたんです。ところが夢と現実がまったくわからなくなっていて、しばらくの間夢で見たことが現実だと主張していましたが、鏡に映った自分の姿を見て、ようやく現実を受け入れる気持ちになり始めました。でも、彼の夢があまりにも現実的で、夢の中の出来事を書き出すという作業を始めました。しかし、具体的な出来事はどんどん忘れてしまうようで、ようやく一つ思い出して書いたのが、この件でした……」

　彼女は興味深そうに頷きながら、同じ話を二度繰り返した中西の顔を覗き込むと、儚い笑顔で話の先を促すように頷いた。

「夢の中の柳田さんは大学の野球部に入って、全国大会で優勝したそうです。その翌日目を覚ますと病院にいたということになるようです。その時打ったボールがエンタイトルツーベースとなり、ボールが観客席に入りました。そのボールを拾ったのが翔くんでした。試合が終わると翔くんが柳田さんにサインを求めてきたそうです。そこで翔くんと話をしたそうです。その内容は、実は帝都大学附属病院から抜け出して試合を見に来た。好きな選手は佐々木隆選手、そしてボールに『翔くんへ』と、この翔という漢字を柳田さんの掌に指で書いたそうです。柳田さんが私に、もしかしたら少年の苗字は佐々木で、佐々木選手の息子さんじゃないのかって言うんですよ。ごめんなさい。そんなことで看護師である私が乗せられてしまって、そしてここに来たんです。本当に、ごめんなさい……」

中西は隣に座る彼女の顔を見ることができず、伏し目がちに足元に焦点を当てながら一気に話をした。彼女の顔を見ることができないまま、ゆっくりと意識の焦点を彼女に向けると、彼女は震えながら泣いていた。中西は彼女の様子に気づくと心のなかで『しまった！』と叫んでいた。彼女の息子さんが今も意識不明が続く中でこのような話をしてしまったことに再び後悔した。

『なんて無神経なことを言ってしまったんだろう』

「本当に、申し訳ございませんでした…」

これ以上話を続ければ、看護師どころか人間性に問題があることになると思った中西はすっと立ち上がった。そして彼女の方を向いて深々と頭を下げた。

「本当に無神経なことばかりを申し上げてしまいました」

頭を上げふと見たソファに座る彼女の美しい瞳からはいくつもの涙がこぼれ落ちていた。中西は完全に自分の居場所を見失い、硬直したままその場に立ちすくんだ。

「その患者さんの夢、当たってます。実際、翔の父親は元プロ野球選手の佐々木隆です。間違いありません。でも三年前に離婚したんです……」

中西は自己嫌悪に加え恥を上乗りしたことと、深く彼女を傷つけてしまったことと、篤の話が本当に当たっていたことが交錯してスパークしたような衝撃を受け、言葉を発することができず、口をパクパクしていた。

『彼は夢の中で、同じ夢の中にいた少年と繋がった？……』

そして恐る恐る彼女に質問した。

「もしかしたら、佐々木選手は、お子さんの事故のこと、知らないんじゃ……」

中西のこの言葉に、彼女は目に涙をためながら顔を背けた。

「翔のことはすべて私の責任です。彼とは、一切関係のないことです」

その後どうやって彼女と別れ、自宅まで帰ってきたのか覚えていなかった。気づけば自宅に帰っていた。夫が食事の用意をして子供に食べさせて寝かしつけてくれていた。中西は夫に「ありがとう」と言って風呂に入った。

どれほどの時間彼女と話していたんだろうか。たくさんのショックを受けたように思考がショートしていた。それは思考というよりも一瞬一瞬の出来事がパッシング映像となって頭の中を駆け巡っていた。それらの映像に中西の感情がゆっくりと加わると、頬に涙が伝い、その感情が激しく揺れ動くと風呂の中で号泣した。あまりにも無神経な自分に虚しいほどの失望を感じていた。

やがて中西は、ようやくひとつの答えを導き出すと、ひどく眠気に襲われた。

「私がこんな感情を持つ必要はない……どうするのかは、すべて彼に任せればいい……」


中西が翌朝の交替と申し送りを受けた後、病室回りをしながら篤の病室に検診に行くと、無表情のまま昨夜のことを伝えた。自己嫌悪などのネガティブなことはすっかり風呂場に流れてしまったようで、答えは既に昨晩の風呂の中で見つけていた。

「…それで、どうするのかはあなた次第よ」

篤はカレンダーを見て「今日の午後両親が来る」と呟いた。

「ありがとう。これでようやく調べ物ができるようになった」

篤はスマートフォンの契約をしてから見舞いに来てくれた両親に礼を言うと、時計を見た。

「一四時か」

そしてベッドの中で両手両足を広げると、午前中に岸田から教えてもらった運動を始めた。

カーン
頭の中には野球部でしごかれたシートノックの場面が見えていた。

『負けてたまるか。もう一本、もう一回、もう一度！　ワー、ワー、ワー』

両親は黙ってその様子を見ていた。

「確かに……、違うな」

父の呟きに母も頷いた。

「見た目もそうだけど、本当にあの子かしら」

高校時代には外に出かけることも殆どなく、背が高くて太っていていつも他人の様子をうかがうようにおどおどしていた篤はどこにもいなかった。ボサボサに伸び切った髪の毛と髭、その中に埋まって見えにくい痩せこけた顔は、それなりに篤ではあったが、二週間前とは明らかに体に厚みが出てきた。それよりも目の奥に光る鋭さと力は、毎日自宅のベッドでひっくり返っていた篤とは完全に別人だった。

「上京して入院するまでのたった一週間でこうなったのかしら？」

「三年近く眠っていたというよりも、実は三年近く無人島で暮らしていたんじゃないのか？」

両親の疑問をよそにリハビリを開始した篤は、約束通り歩けるようになるまで回復したわけではなかったが、その表情はとても生き生きしているように感じられた。

「約束より少し遅れているけど、もうすぐ歩けるようになるよ。本当に一生懸命頑張るからさ、医者が言うよりも時間はかからないと思うよ。そうしたら退院だ。その日が決まればまた連絡するよ。だからそれまでわざわざ東京に来る必要はないから。でも、本当にありがとう」

そう言って両親を帰した篤は一通り自分で予定したメニューを終えると、充電していたスマートフォンを取り出し、居酒屋山小屋デンバーに電話をかけた。

「もしもし、佐々木さんでしょうか？　実は一つお話ししたいことがあるんですが……」

篤は佐々木に翔くんの話をした。佐々木は篤の話す内容にとても驚いた様子だったが、店を臨時休業させてすぐに帝都大学附属病院へ向かうと話した。

『翔くんは大好きなお父さんに会いたかったんだ。それを僕に伝えたかったんだ』

夢と現実が繋がった。

この出来事があったことで、篤は再びあの三年間が本当に単なる夢だったと結論付けることができなくなった。今現在の自分の姿を見せられても、あの三年間が何の意味も持たないただの夢だったとはどうしても思えなかった。あの素晴らしい仲間たちに囲まれて頑張った三年間は、深くこの胸に刻み込まれた真実だ。

『心の底からあふれ出るこの熱い思いが籠もった記憶は、間違いなく本物だ』

篤は車椅子に乗り込んだ時、目の前の鏡に映ったもしゃもしゃの顔が見えた。

「これは、本当の僕じゃない」

　理髪店の方に車椅子を押してもらいながら病棟に戻ると、ナースステーションの中にいた中西と目があった。中西はしばらく車椅子に乗るのが誰なのか気が付かない様子だった。野球部の頃と同じ坊主頭と髭を剃ったきれいな顔になったからだ。ナースステーションを通り過ぎる時、車椅子に乗っているのが篤だとわかってもなお絶句している中西に、篤がわざとらしく言葉をかけて手を振った。

「どうしたんですか、中西さん？　幽霊でも見えてます？」

「…え～！　柳田さんなの？　びっくりしたー　全然誰かわからなかった～！」

「本当に中西さんにはご迷惑ばかりをおかけして申し訳ありませんでした。さっき佐々木選手に電話したんです。そうしたら『今からすぐ病院へ行く』って言ってました。翔くんは、きっとずっと会っていなかった大好きなお父さんに会いたかったんだと思います。だから…」

「不思議ね…私も、翔君のお母さんの様子を見て、最初は自分の言動に卒倒しそうになるほど後悔したんだけど……でも、きっとこれが、翔くんが望んだことなんだよ。信じてしまうわ、あなたの見た夢を」

数日後、篤のスマートフォンに着信があった。

「佐々木です。先日は、本当にありがとうございました。まさか息子が事故で意識不明になっていたなんて……。今日も午前中まで病院にいたんですが、実は、息子が目を覚ましたんですよ。本当に嬉しかった。妻ともいろいろと話をしました。目が覚めても重い障害が残ることは覚悟してくださいと言われていたんですが……、翔が目を覚まして私を見て、『お父さん』って言ったんです。本当にありがとうございました。奇跡です。医者も驚いていました。そう言えば、柳田さんも入院していると聞いたんですが、武蔵野医科大学病院で間違いないでしょうか？　後でお礼に伺います。何か欲しい物とかは？……」

篤は丁重にお断りしようとしたが、佐々木の強い押しに甘えて申し出を受けることにした。そして佐々木のサイン入りボールを二つ持ってきてもらうことにした。

見舞いにやってきた佐々木は、現役の頃から比べると体も大きくなって多少お腹も出ていた。二人で大好きな野球の話で一通り盛り上がると、篤は頂いたサイン入りボールの一個を摑んでボールの白い部分に自分のサインを書き、その隣に『翔くんへ』と一文を添えた。

「これを、翔くんへ渡してください」

佐々木は何だか意味がわからないという外人がよくやる手振り身振りをしてみせた。

「これが、僕が見た夢です」

佐々木はますますよくわからないという表情を残しながらも、笑顔でボールを手にした。

「早速明日の朝、病院へ行ってこれを翔に届けます」

八

篤は佐々木親子の笑顔を想像しながらベッドサイドテーブルの上に置いたレポート用紙を取ると、自分の書いた文字をもう一度読み始めた。

「あの日、球場で、少年と出会った。確かに会ったんだ」

そう口に出してみると、『この話…君には覚えておいてほしいの』という声が聞こえてきた。

「誰だ？　これはいったい、誰の声だ？」

そう言いながら、再びあの日のゲームを思い出そうと大きく深呼吸しながら目を閉じた。


七回からレフトの守備についた。

そして大きく上がったレフトフライをキャッチした。ワンアウト、チアリーダーや体育会本部の大きな声援が聞こえた。次のバッターが打った打球が大きく打ち上がってサード付近のスタンドへ入った。そのボールを目で追いかけているとボールが落ちた座席シートの直ぐ側に長崎ヒカルが座っていた。

「長崎ヒカル？」

一瞬目に留まった観客席に座る長崎ヒカルは、彼氏と一緒に観戦に来ていた。篤の頭には『スキャンダル』という言葉と電車の中で見た中吊り広告、週刊誌の一面トップの文字が浮かび上がってきた。

『朝ドラ女優長崎ヒカル　妊娠・中絶・二股　多重スキャンダル』

ネットニュースやＳＮＳでも大騒ぎしていた人気朝ドラ女優のスキャンダルは、瞬く間に日本中を駆け巡った。普段テレビなど見ない野球部員のなかでも話題になるほどだった。篤はスキャンダラスな彼女が、真っ昼間から彼氏を連れて球場に来ていた事に驚いていた。

『確かにそれは驚きだったけど、誰かから彼女の話を聞かされたんだった…』

この長崎ヒカルのことを思い出す必要性に若干の疑問を感じた篤だったが、夢だと一蹴されたあの強烈な三年間の出来事の記憶が急速に薄れていくのに必死になって抵抗するように、長崎ヒカルのことを思い出そうと記憶を辿った。

『夢は目覚めれば忘れるもの。それを認めてしまうことはあの三年間という出来事すべてが無意味な夢物語だったということを意味するが、その夢の力によって今までコソコソ隠れるように生きてきた人生から、大好きな野球を本格的に始めるという人生初の大決断とそれに伴う地獄の特訓、そして遂に全国大会で優勝を勝ち取ったという誇りがこの魂に刻み込まれている事実は、僕以外いったい誰が証明できるというのだ！　この夢と言われるものがたとえ夢であっても、それを僕自身が認めてしまえば、本当に単なる夢に終わってしまう。でも僕がそれは紛れもない魂の訓練だったと信じることで、それは永遠に僕自身の経験として僕の中で生きるはずだ！　鍛えたはずの肉体が歩けないほど痩せていても、この魂は、あの時グラウンドに立っていた僕の魂とまったく同じものだ！』

篤はもう一度夢で経験したどんな些細な出来事でも思い出したいと強く意識を集中させた。次第に寮室で書いたあのレポートにも長崎ヒカルのことを書き出していた記憶が蘇ってきた。篤の大切な思い出が薄れゆくなか、些細な出来事から他の何かを思い出すかもしれないと、積極的に長崎ヒカルのことを思い出そうと努めた。

「そうだ、その誰かが『だけど君には覚えておいてほしいの』と言ったのが長崎ヒカルのことだった！」

篤は大きく深呼吸するように瞑想するように長崎ヒカルに焦点を合わせた。

『…誰かが、誰かが僕に言った…。彼女が本当に好きな人は高校時代の同級生の……。最初にスクープされた人。その時既に彼女のお腹の中には彼の子供がいた。でもそれを事務所に相談した直後、強制的に中絶手術を受けさせられた。それもどこからか漏れてしまって、事務所も隠しきれなくなった。そこへ同じ事務所の岡野亨が近づいてきて彼女を車に乗せホテルに入るところをスクープされた。彼女は同級生の……のことが好き……』

篤はもう一度あの時誰かから聞いた話を思い出そうとした。

「誰かが長崎ヒカルと親しげに話していた。本当に好きな人は同級生の彼。事務所が強制的に中絶手術をした。それもスクープされ世間からバッシングされた。すべて終わってしまった。せめて彼には真実を伝えたい…」

何度か繰り返し同じシーンを思い出そうとしたが、聞いたはずのその同級生の彼氏の名前がどうしても思い出せなかった。

スマートフォンのブラウザを起動させて『長崎ヒカル』を検索すると『妊娠と中絶に加え二股不倫・前代未聞の多重スキャンダル』という文字が飛び込んできた。『今度のお相手は俳優で同事務所先輩の岡野亨』で『妻子持ち』と書いてある。『長崎ヒカル、赤信号を無視して交差点に突っ込みトラックと衝突して意識不明の重体』という記事が見つかった。そして『プロダクション事務所が彼女と契約を打ち切った』という記事もあった。

『夢の中では、スキャンダルで大きく報じられた長崎ヒカルが本命の彼氏と一緒に球場に来て、僕の友達にそのことを話し、その友達が僕にそれを伝えた…しかし現実では彼女は事故を起こして意識不明の重体で、事務所も契約を打ち切ったとある。彼女が彼に伝えたいことは、彼女が好きなのが同級生の彼だったということ…そしておそらく…』

篤はしばらく悩んでいたが、大きく深呼吸するとスマートフォンを取り出し、プロダクション事務所の電話番号を調べてダメ元で問い合わせを試みた。ところが事務所は、既に長崎ヒカルとの契約を終了させていたことで意外にあっさりと彼女の入院している病院を教えてくれた。

「ああ、その件ですか。彼女はあおば台総合病院に入院しています。はい、それ以上申し上げることは何もありませんので、ご自由に」

プロダクション事務所の対応は冷たいものだった。篤はネット上に流れている情報を追った。2ちゃんねるや誰かのブログなどいくつか調べていくと、同級生という人物が誰なのか、人物を特定しようとする動きが見えてきた。しかしまた別のサイトでは、『この人知ってる』と勘違いした人が、間違った人物をSNS上に挙げたことで、その間違えられた人がSNS上で誹謗中傷を受ける状況も確認できた。

『これじゃあ、本人も間違えられた人も、大変だ～。ネット上でこれだけ犯人探しみたいのが起きていて、しかも偽情報がこれだけあるのか～。参ったぞ、これは～』

コンコン
ドアのノック音がして看護師が検診のために入ってきた。

「柳田さん、検診です。具合の方はいかがですか？」

「お陰様で記憶以外は絶好調です。次の中西さんの勤務はいつかご存知ですか？」

「明後日の準夜だったと思うけど」

「そうですか～、ちなみに看護師さんはネットとかパソコンとか得意ですか？」

「人並みよ。でももう今じゃあ、キーボードアレルギーの人の話は聞くことはなくなったわね。みんな普通にパソコンで作業するし、でも今の若い子たちはパソコンよりもスマホかな？　柳田さんもそう？」

「いえ、実はちょっとだけ知恵をお借りしたいんですけど、実は訳あって人を探しているんです。どうやって探したらいいかわかります？」

「そうねえ～、知りたいのは名前？」

「はい、そうなんです。でもどうやって調べたらいいのか……」

「……そう、出身高校とかは？」

「それは調べればわかると思います」

「高校の友人や担任の先生に聞いてみるとか？」

検診に来た看護師のアドバイスでウィキペディアを使って長崎ヒカルを調べると、出身高校が出ていたので早速高校に電話をかけた。

「もしもし、私は二年前の卒業生ですが、実は同窓会を企画しておりまして……はい、その〜、実は名簿をなくしてしまったので電話したのですが〜、はい、私長崎ヒカルちゃんと同じクラスだったんですけど、担任の先生は今そちらにいらっしゃるでしょうか？　はい、実はその〜、担任の先生の名前が出てこなくて〜　あ〜、はい、あ、はい………」

長崎ヒカルのスキャンダルは当然高校にも大きく影響していた。ネットで同級生の恋人探しが行われていたほどの出来事だった。当然学校もおかしな電話をかけてくる輩に対して警戒をしていた。学校関係者の情報は誰であれ簡単に教えることなどなかった。篤の怪しげな話し方で、彼の嘘はすぐにバレてしまった。

篤はその日の夕方の交替直後検診に来た看護師を捕まえると、また同じことを尋ねた。

「ん〜、難しいわね〜　それって。フェイスブックで同じ学校の生徒を探して友達申請してみるとか、その誰かの住所や職場などがわかればそれを追っかけてみるとか。もちろん誠意を込めてね」

篤はダメ元で長崎ヒカルの同窓生を探し始めた。フェイスブックから同窓生を探し出すと、その全員にトモダチ申請をかけてみたが誰からも承認されることはなかった。篤自身フェイスブックに登録したばかりだったことで、まだ誰もトモダチがおらずそれが原因で怪しまれたのだろう。篤は病室に入ってくる病院関係者に片っ端から声をかけた。

「フェイスブックでトモダチ申請するから承認ボタン押してくださ～い。お願いしま～す」

その甲斐あって、どうにか五人の病院関係者とトモダチになることができた。篤は自己紹介の欄が空欄になっていたのでこの欄も埋める必要があると思った。しかし彼は自分の出身高校以前の履歴を公表してしまうことに抵抗があったが少し調べると、フェイスブックの設定と、プライバシーから自分のプロフィールを見ることができる人を設定できることがわかり、出身小学校、中学校、高校とそれぞれ記載した。大学も興亜大学と堂々と記載したが、野球部と書くべきかどうかについては非常に悩ましいところだった。

あまりに長く悩み続けて疲れてしまい、一旦設定を中断すると、病室に中西がやってきた。

「そうか〜、でもヒカルちゃんの彼氏の居場所がわかったあと、フェイスブックはどうするつもり？」

「そうですね、そのままにしておいてもいいですけど、僕はあまり趣味じゃないんですよ、こういうSNSっていうやつは」

「そう。それじゃあ野球部って書いてもいいんじゃない。だってあなたとトモダチではない誰かがあなたのプロフィールを見ることはできない設定なんでしょ？　それに、あなた自身自分が野球部だったことを認めてないの？」

篤は中西の鋭い指摘を受けると、もう一度自分自身に言い聞かせるように呟いた。

『僕は、興亜大学野球部だった……。この魂は間違いない……』

篤はスマートフォンを手に持ち、震える指で『第七〇回全日本野球選手権記念大会』と検索した。そこには『優勝　慶陽大学』となっていて興亜大学は準決勝で城南学院大学に破れていた。篤はそのまま固まったように動かなくなった。

「検診で〜す」

中西が目の焦点の合っていない篤を見て「さあ、体温を測ってください」と言って体温計を渡した。ボーッとしたままの篤が左手にスマートフォンを持ったままだったので、中西はそのスマートフォンを取り上げた時、画面に『第七〇回全日本野球選手権記念大会は慶陽大学が優勝』と表示されているのが見えた。

『彼にとっての大切な思い出のひとつが、また消えてしまった』

中西はそのまま黙って検温しようとすると、篤の目から大粒の涙が溢れているのを見た。彼女は無言で篤の左腕に血圧計のカフを巻きつけ送気球を握った。検診を終え、バインダーに数値を書き込むと、もう一度篤の顔を見た。そして悲愴な表情を浮かべる彼にかける言葉もなく病室を出た。

数日後、中西が篤の病室を訪れると篤はレポート用紙に何やらせっせと忙しく書き込みをしていた。邪魔しないように無言で体温計を渡すと書く手を止めた篤が顔を上げた。

「中西さん、長崎ヒカルの彼氏の名前がわかりました」

「えっ、本当？　いったいどうやって見つけたの？」

「僕のフェイスブックの自己紹介欄に野球部って書いたんです。現在怪我をして入院中なのでどなたか僕の相手をしてくださいって書きました。トモダチ申請のメッセージにも同じことを書いたんです。そうしたら長崎ヒカルの同級生三人とトモダチになれました」

あまりにもあっけらかんとして話す篤の顔を見ながら、中西は『躁鬱病にでもなったのかしら』と内心疑った。

「そう…それはすごいわね……」

「僕、友だちになった彼らにダイレクトに聞いたんですよ。『メッセージ』を使って。長崎ヒカルちゃんの彼氏って誰って。そうしたらその中のひとりが教えてくれたんです。橋本マサトくんだって。でもそこからが少し大変でした。僕は最初に文字通りの『橋本マサト』さんを探しました。でも人違いだったんです。年齢も出身校も違いました。もしかしたら漢字が違うのかなって思ったんですが、それもまるで雲を摑むようで……」

「でもどうやって検索したの？」

「『橋本マサト』って教えてくれた人から、サブ情報をもらったんです。本人が千葉県佐倉市にあるイタリアンレストランで見習い修業しているって。そしてネットで長崎ヒカルと佐倉市イタリアンで検索したら三軒のレストランがヒットしました」

「その三軒に電話して……」

「そうです。『本日ハシモトマサトさんはいらっしゃいますか？　実は見習い料理人の方向けに有名料理人による無料講演会を予定しています。ご案内のダイレクトメールを送付したいのですが、お名前の正しい漢字を教えてほしいんです。ハシモトマサトさんはどのような漢字をお書きになるのでしょうか？』って」

「へ～、よくわからないけど、君、なかなか頭がいいのね。ちょっとびっくりしちゃったわ。ふ～ん、でもたどり着いて良かったわね～」

　中西は篤の笑顔を見て一安心したようにホッとした。


　その後、当直で篤の部屋を訪問した中西は、二日前に高評価したばかりの篤をもう一度地獄に投げ入れてやりたい衝動に駆られた。

「中西さん」

「ん、何？」

　中西は上機嫌で篤の顔を見た。

「ひとつお願いがあるんです。実は、先日から手紙を書いてまして、その相手は橋下雅人さんなんですが～、長崎ヒカルさんの代筆だということで書いたんです。夢の中で僕の友達が僕に話してくれた通りの言葉を思い出して、できるだけその通り正確に書いたつもりです。この手紙を……」

「あら、いいわよ。お安い御用よ。ポストに投函すればいいんでしょ？」

『いえ違うんです。実は…その～、そのレストランに行って食事してきてほしいんです』

「は～？　食事～？　どうしてわざわざそんな……」

　中西は『どうしてわざわざそんなことまでしなきゃならないわけ～？』と夫と喧嘩

する時のいつものセリフを押し殺しながら目を吊り上げて篤を睨んだ。

「これは～、その～、最終的にその橋下さんが本当に彼氏なのかは、本人に確認しない限りわからないことです。電話で聞くこともできず、こればかりはどうしようもないことなんです。もし店に行って食事して、彼と一言二言話すことができれば、その時『長崎ヒカルさんの代筆として書いたものですが…』と言って渡した時、受け取ってもらえるかどうかで判断できると思ったんです。だから…そのう……」

「だから、私にその手紙を持って、わざわざ千葉まで行って、お金を払って、そのレストランで食事して来いっていうわけね！」


数日後、中西は篤から託された手紙をハンドバッグに入れると、いつもはしないメイクをしっかりとした。そして昨年購入してまだ一度しか着ていないマリンブルーのボウタイブラウスと、サックスブルーの細いプリーツの入ったスカートを穿いた。篤には威圧するような態度で全身から怒りのオーラを発して脅しをかけてみたものの、たまにはリフレッシュのために少し遠出してみようと思い、やや遅めに起きて遅めのランチを楽しむことにした。

佐倉市にあるイタリアンレストラン「アクアフレスカ」は、パステルイエローを基調としたいわゆる一軒家レストランで、格子の入った白い木彫のドアを開けると、来客を知らせるベルの音が『カラリ～ン、コロリ～ン』とリズミカルな音を奏でた。

「いらっしゃいませ～　おひとりさまでしょうか？」

明るく人当たりの良い雰囲気のホールスタッフは、まだ一〇代と思しき小柄な可愛らしい女の子で、中西を奥のテーブル席まで案内してくれた。座席の殆どの場所から厨房が見えるように配置されたテーブルは、味に自信ありという雰囲気を醸し出していた。厨房の手前に宙吊り掛けで並べられたたくさんのワイングラスがあり、管理された透明なワインセラーの中には、たくさんのワインが白い紙に包まれて保管されている。厨房の奥には丈の長い帽子をかぶったシェフが料理を作っており、中西の姿が目に入ると「いらっしゃいませ」と大きな声で挨拶をした。同時に奥にいると思われる別のスタッフも「いらっしゃいませ」と透明でよく通る声で挨拶した。

奥の四人がけテーブルに案内されると、女の子がテーブルにメニューを広げて、水の入ったタンブラーを置き一旦奥へと下がった。

客は中西の他二組がテーブル席で談笑していた。

中西は今更ながらこれを引き受けてしまったことを後悔した。先日の帝都大学附属病院での出来事は結果こそ良かったとはいえ、同僚にさえ決して打ち明けることのできない愚かな行為だった。そして再び篤からの依頼を受けて、のこのこ千葉までやってきたのだ。

中西の趣味が食べ歩きだったことが最終的な判断だったが、それ以上考え続けると、レストランの中で鬼のような感情が顔に出てしまいそうで、小さく深呼吸しながらタンブラーに入った水を口に含んで、ふつふつと湧きそうになる怒りの気持ちを鎮めようと努めた。

「お決まりですか？」

先程の女の子が注文を伺いに来たので「今日のおすすめは何ですか？」と尋ねてみた。

「当店では、主に東京湾で捕れて千葉港に水揚げされた新鮮な魚介類を中心にした自家製生パスタをおすすめしています。本日はワタリガニのトマトクリームソース・タリアテッレがおすすめです」

「そう、美味しそうね。じゃあ、それをひとつお願いします」

「ハイ、かしこまりました。しばらく…」

「それと、こちらに橋下雅人さんはいらっしゃいますか？」

「ええ、奥の厨房におりますが、お呼びしますすよ。お知り合いの方でしょうか？」

「いいえ、帰り際に声をかけるから、今はいいわ、ありがとう」

「かしこまりました。それではしばらくお待ちくださいませ」

彼女はそう言うと、五〇〇ミリリットルほど入る小さなガラスのウォーターピッチャーをテーブルの上に置いた。

　食べ歩きが趣味の中西にとって、このレストランの味はお世辞抜きにかなり上位に入る味だった。東京湾の新鮮なワタリガニとトマトクリームソースの組み合わせは、うっとりするほど濃厚で美味しかった。そこに生パスタのタリアテッレが、至福のソースを絡めて弾力のある麺を嚙むたびに鼻から抜けるワタリガニの風味が、行ったことのない南イタリアの風景を連想させた。

『平日じゃなかったら、家族を連れて一緒に来たかったな〜』

　中西が食べ終わるタイミングを見計らうようにしてフロアスタッフの女の子がやってきた。

「あの〜、橋下をお呼びしましょうか？」

　中西は一瞬ギクッとしたが、談笑していた二組の客は既に帰っていて、彼女の申し出に「えーっと、はい、お願いします」と細い声で答えた。

「はい、橋下ですが……」

　中西の前に立った青年は、身長一八〇センチくらいあり、顔は陽に焼けガッチリした体格の青年だった。看護師として観察した彼のまだ成長しきれてない顔立ちの眼の奥には、鈍く光る猜疑心を漂わせた少し落ち着きのない瞳が確認でき、その中には深い心の傷があるように感じられた。そしてその表情に中西に対する警戒心が見て取れた。伸びた髪の毛をどう処理していいのかわからないままへアワックスをたっぷりと付けている雰囲気は、学生時代の運動部で坊主刈りだったことを想像させた。

「あの〜、私に何か〜」

呼びかけに反応しない中西に、もう一度同じ言葉を繰り返す彼の口調からは、不信感を募らせるような苛立ちも感じられた。

「ごめんなさい、急に呼びつけたりして…少しだけお時間あるかしら？」

「えっ？　だ、大丈夫ですが……」

言葉とは反対に、とても抵抗感のある返事が返ってきた。

「ごめんなさい。実は少しややこしい話なんだけど、ある人に依頼されて来たの。私は東京で看護師をしている中西と申します。あなたは橋下雅人さんで間違いないかしら？」

「ええ……」

彼の深くガードするような雰囲気を感じた中西は、ストレートに話をすることに決めた。

「実は私の患者さんに三年近くも意識不明で寝たきりの方がいます。その方はつい最近目覚めたんですが、その間に永い夢を見ていたようなんです。その方が話す夢の世界は驚くほど矛盾がなくはっきりとしていて、それを聞いた医者も驚くほどです。ですが、それはあくまで夢の中のお話で、実際は現実とのギャップがあります。私は彼の担当看護師として彼のギャップを埋めてあげたいと…」

「あの～、それと私とどういう関係が？」

「その患者が書いた手紙を持ってきました。橋下雅人さん、その患者があなたに書いた手紙です。でもそれは、患者の…」

言いかけた中西はこれ以上説明するとますますややこしくなると思い、話を途中で切り上げると、ハンドバッグの中から一通の手紙を取り出して橋下に差し出した。

「世の中にはハシモトマサトとお読みする氏名を持っている方が大勢いらっしゃると思います。この手紙の裏をご覧になって、もし人違いであなたが該当者でなければそのまま手紙を私に返してください」

橋下が怪訝そうに眉間に皺を寄せながら手紙の表面を見ると、そこには『橋下雅人様』と書かれており、手紙をひっくり返して裏を見ると『柳田篤（長崎ヒカル様の代筆）』と記載されていた。手紙の裏を見た途端、彼の顔色がみるみる変化していった。彼が震える声で「読んでも…、いいですか？」と聞くと、中西は「あなた自身が読む資格があるとお考えになるのならばどうぞ、そしてこの場でお読みください」と答えた。

『前略　突然このような形で手紙を書く失礼をお許しください。この手紙は彼女、つまり長崎ヒカルさんの代筆で書いています。さて、実は私は交通事故で都内の病院で三年近くも意識不明になっていました。そしてひと月ほど前に目覚めたばかりです。私はその三年の間に永い夢を見ていました。しかしこの夢は、私にとってかけがえのない現実でした。夢の中の私は興亜大学の野球部に入部し、三年生のときの全国大会で優勝しました。その決勝戦のときスタンドにいたのが長崎ヒカルさんと隣に座る橋下雅人さんでした。そして彼女の右横には私の友達が座っていました。この二人は初対面のはずなのに何やら真剣に長い話をしていました。

試合の後、その友人は私に「君には覚えておいてほしい」そう言って長崎ヒカルさんと二人で話した内容を私に話してくれました。その内容を以下に記載します。

「私が本当に好きな人は同級生の橋下雅人くん。あのデートがスクープされてすぐに妊娠したのがわかりました。でもそれは私にとって大切な宝物でした。私は芸能界を辞めるつもりでマネージャーに妊娠を相談したら、すぐ社長まで話が飛んでそのまま病院に連れていかれました。抵抗する私でしたが、膨大な契約違反金のことで脅されて無理やり中絶させられました。病院で私がとても抵抗したので大騒ぎになり、話が蔓延して結果的に外部に漏れることになりました。こうなってしまえば女優の生命線は絶たれたも同然です。そんな時、同じ事務所の岡野亨が相談に乗ると言って無理やり私をホテルに連れ込みました。そこもまた芸能記者にスクープされました。そしてそんなことが続いた後、私は呆然としながら車を運転して事故を起こしたのです」

これが、私の友人が私に打ち明けた長崎ヒカルさんの真実の話です。目覚めた私はインターネットなどを駆使して橋下さんの居場所を突き止め、夢を思い出しながらこの手紙を書きました。三年間の夢から覚めると、夢とは違う現実に混乱しましたが、私は夢の中で長崎ヒカルさんの夢と交錯したんじゃないかと考えました。多分彼女は、橋下さんにとても会いたいと思っていると感じました。彼女は東京都港区にあるあおば台総合病院で今も意識不明のまま入院しています。できれば彼女の手を握ってあげてください。余計なおせっかいをしたことをお許しください。早々』

橋下は震える手でこの手紙を読んで涙を流した。

「その手紙は差し上げます。私の役割はここまでです。ごちそうさまでした。でもこのパスタは絶品だったわ。今度家族と一緒に来ますね」

中西は会計を済ませて大きな声でお礼を言うと、まだその場から動かずに立ち尽くす橋下の前まで戻った。

「後は、その手紙を読んでどうするのかは、あなたに託したわ。私はこれ以上世話を焼かないから。どうするかは自分で決めなさい」

九

中西はあの二つの説明できない不思議な出来事に関わったことで、夜もよく眠れない日々が続いていた。

『私自身が柳田さんを幻想から救ってあげたいと考え、レポート用紙とボールペンを渡した。そして彼は忘れ消えゆく夢の中の出来事を思い出そうと必死になった。やがてひとつの出来事を思い出した。彼からその夢の中で出会った翔くんの調査を依頼された時、私は彼の気が収まるのであればと思い、彼の思い通りに動いた。あれは、単なる偶然なのだろうか？　しかしそのことを深く考えれば、彼の夢の中で同じく夢の中にいる翔くんが、自分の願いを依頼したものだと考えてしまう。そして次に彼が思い出した出来事が、人気女優の長崎ヒカルだった。彼女もまた意識不明で入院していて、その心中は計り知れないほど傷ついていただろう。彼女もまた夢の中で柳田さんに働きかけたのだろうか？　しかし、仮にそうであれば、二人は彼が目覚めることを知っていたということになる。そして彼らは自分の力で目覚めることができないということもわかっていたということとなるが、現実的にそんなことがあり得るのだろうか？　そんなバカな……』

寝返りを打った中西の脳裏に、看護学校時代に受けた脳に関する講演会でのことが浮かんできた。それは確かコンピュータ科学の有識者であり大学の教授でもあり、さらに超常現象を科学するという研究もされている方の特別講演会だった。

『……記憶が作られる時、空想と現実が混ざると困ります、ですから脳は、「これは現実のできごとではない」という判定ラベルのようなものを付けてきっちり区別するんですね～。もしもあなたが寝ぼけていたり、交通事故や何かで脳がダメージを受けたりすると、このラベルが剝がれる場合があります。そうなると脳は幻覚と現実の区別がつかなくなります。たとえばこんな話を聞いたことはないでしょうか？　医者が死亡判定した人、または蘇生活動が遅延した場合、瀕死または法医学上死亡と診断された方が、ごく稀に生き返ってしまうことがあります。その方々は呼吸が止まり、心臓が止まり、やがて生物学上の死という時間を肉体的に経験します。そういう方々のことを臨死体験者と呼んだりしますが、彼ら臨死体験者がお花畑や三途の川を見てきたと語るのを、皆さんもテレビか何かで見たことがあると思います。科学的見解でそれを説明する場合、それは脳が仮死状態となり「幻覚というラベル」がつかないまま、もしくは剝がれた状態で記憶されたということになります。だから臨死体験者はこのお花畑を「現実」と感じてしまうんです。また私はこんな話を聞いたことがあります。

脳梗塞から回復したあるジャーナリストの話です。彼は脳梗塞によって脳の一部が壊れていた時、トイレの戸をあけると便器に巨人が座っているという幻覚をはっきりと見て、それを現実として受け入れるしかなく、筆舌に尽くしがたい恐怖を味わったと言っていました。面白い話ですよね？　巷でよく聞く金縛りも、半分寝ぼけて脳が朦朧としている時、うまく伝達されない神経が麻痺状態のようになって、それを体に起きた異変と捉えます。「金縛り」という言葉が後付けされ世に知れ渡ることで、これがよりリアルな現象として認知されてしまうんです。修行僧や新興宗教の信者が荒行と称する眠らない修行中に神の声を聞いたり、明るい光に包まれたりしたと口を揃えていうのも、また脳のラベルに起因するのかもしれません。私は、超常現象の全部を否定はしませんが、それは脳のラベルが一時的に外れたんでしょう。そのように考えれば、意外に説明のつくことがたくさんありそうですね……』

中西は科学的根拠という概念を理解しつつも、そこにある種の疑問があることに気がついた。

『科学は常に現象を理論立てて説明しなければならない。しかし、自分自身の実体験でないことを赤の他人である学者が、一体どうやって説明するというのだろう？　実体験という出来事を些細ないくつかの言葉を前提に枠組みしてしまうことで、既にその言葉と実体験はまったく別のものになっているのではないのだろうか？　実際の体験者が話したとされる一文をだけを抜き取り、それを前提条件ということにしてそこから考えられることを無理矢理科学的に説明しようとしているだけで、不思議体験をしていない者にとっては、学者が説明した科学的見解は「なるほど」と思えるのかもしれないが、不思議体験をした者がもしあのような講演を聴けば、「そんな取って付けた様な説明はおおよそ見当違いの説明だ」と言うかもしれない……』

「キャー」

深夜の病棟に響く悲鳴は、当時一緒に当直していた看護師の声だった。彼女は昨日亡くなった患者さんの幽霊を見たといって震えていた。このようなことは看護師であれば誰もが経験している。医療という科学的根拠を用いた仕事に携わるなかで、これら不思議な非科学的と呼ばれる出来事を真正面から否定する看護師がいないのもまた事実だ。

中西は特に三年近くも眠ったままだった篤が、夢の中で特殊な体験をしていたとしても不思議ではないと考えていた。その夢の中に集合した人物たちの意識が、やがて篤が目覚めることを知っていて、彼に希望を託したということも、あるいはあるのかもしれないと考えた。

『彼が思い出した二つの出来事が、その証明なのでは……』

『交通事故で意識不明の長崎ヒカル、一ヶ月ぶりに目を覚ます』

千葉まで出向いてから一〇日が過ぎた。ネットニュースに書かれた小さな記事に中西自身が驚きに包まれていた。篤の書いた手紙を読めば篤の話したことが事実であり、篤の見た夢での出来事もまた事実であることがわかる。長崎ヒカルも篤の夢を通して彼女の思いを託したのかもしれない。彼がした夢の中の体験によって一五日間も意識不明だった翔くんが目覚め、一ヶ月も意識不明だった長崎ヒカルが意識を回復した。


中西は二つの奇跡的な出来事を思いながら、否が応でも妹のことを思い出さずにはいられなかった。中西にはつい最近まで妹がいた。彼女は脳挫傷で長い間意識不明になっていた。当時まだ看護学校に通っていた中西は、毎日妹の回復を祈り続けた。やがて三年が経ち正看護師になって病院で働いていたある日、ラグビーのリーグ戦が地元で開催されたが、中西はそのゲームで靭帯を損傷して運ばれてきた地元出身選手の看護を担当することになった。彼女としては他の患者同様に接していたつもりだったが、その患者に見初められ、もうすぐ退院する頃にこの選手から突然結婚を申し込まれた。断るにしてもどのように話せばいいのか悩み続ける彼女の夢枕に妹が現れた。

『お姉ちゃん、本当は嬉しいんだよね？　でも体裁や世間体ばかりが気になって、本当の気持ちとは全く別の理由で断ろうとしているんでしょ』

『だって、もしかしたら冗談かも』

『でもお姉ちゃん、中西さんが本気だって知ってるじゃない。どうして自分にそんな嘘つくの？』

『でもおかしいじゃない。私に、こんなことって』

『あら、結構あるんじゃない。それに、本当は、私が足かせになってるんでしょ？　結婚すれば富山から東京に行かなきゃならないんだし』

『そんな言い方ないでしょ。家族が一番大切なのに決まってるじゃない』

『じゃあ聞くけど、もし私が健康で、でもとてもお嫁に行けそうもない怪獣みたいな顔だったとして、その私がお姉ちゃんだけ結婚するなんてズルいと言ったら、お姉ちゃんどうする？』

『何を訳のわからない…』

『いいえ、この二つは二つで一つの質問よ。さあ、どうなの？』

『……』

『お姉ちゃん、チャンスは何度もないよ。チャンスが来た瞬間に行動できるかどうかは、不断の努力とニュートラルな姿勢や心の在り方で決まるのよ。折角やってきた機会を逃せば、次の機会は相当遅くなってしまうわ』

夢の中で妹は、折角やってきたオファーを断らないでいれば、いつか必ず良いことがあると言ってその申し込みを受けるようにと促した。目覚めてもその夢がまるで実体験のように鮮やかに覚えているのが不思議だった。それにしてもかなり迷ったが、彼の『諦めません』という誠意ある言葉もあって、そして両親も『爽花《さやか》ちゃん、あんなに清々しい好青年は、そうそういないわよ』そう言って結婚を後押しした。そして腹を決めなければならない時、再び夢枕に妹が登場して『お願い、私のためにも』と祈るように言った。

妹が夢枕に登場することは他にもあった。東京に移住してから再び看護師の資格を生かして勤務する病院を探していた時、『この病院が良いと思う』と妹に教えられたのが現在勤務する武蔵野医科大学病院だった。

しかし、結局妹の容態は回復することはなかった。医学的に見ても脳の半分が脳死状態だった。自発呼吸があるので脳死という判断ができない状況だった。そしてその機能していた部分も次第に活動を停止した。中西にとって意識不明の患者ほど献身的に対応しなければならないと思わされるものはなかった。幸い篤に関しては、目を覚まさない理由が不明というだけで、肉体的な問題はなかった。

彼が体験した二件の出来事は、同時に妹のことを思い出させ、何よりも人の脳、または意識というものが夢の中で繋がることがあるという証明となった。そしてこれらを考察に加えると、それらは単なる夢や幻想ではなく、すべて現実のものだと考えざるを得なくなるのだった。

しかし中西が妹のことを思い出す時、同時に悔しさも込み上げてきた。妹は学校の成績もよくスポーツも得意だった。加えて吹奏楽部の部長もしていて、毎年全国大会でも上位に入賞していた。彼女は文化祭実行委員長として中学三年生最後の文化祭で何をするかについて実行委員会で話し合っていた。彼女の通う中学校は中西が通っていた中学校と同じ学校だったが、当時から風紀が乱れ気味で校内暴力という問題も目立っていた。文化祭実行委員の委員会出席率もあまり良くはなかったと聞いていた。間近に迫る文化祭の企画を出席するメンバーだけで組み立てていた。企画も決まって準備を始めた頃に、今まで出席しなかったメンバーが出てきたと思ったら、勝手な発言をし始めた。妹が中心になり彼らの意見を却下して予定通りの企画で文化祭を開催した。これに腹を立てた連中が妹を呼び出して暴行を加えた。妹を押さえつけ頭に石を投げたのだった。その結果妹は脳挫傷を起こし意識不明の重体となった。いつか必ず目を覚ますと毎日祈り続けたが、結局は叶わぬ夢となった。機能していた脳がゆっくりと停止し、自発呼吸が止まり人工呼吸に切り替えるのかどうかを家族に判断してもらう時、実家の両親は妹に人工呼吸を付けることを拒んだ。

それ以後妹は一度も夢枕には立ってくれない。それが何を意味するのかはわからないが、中西自身が感じる心の正体は、『どうして妹だけに奇跡が起きなかったの』ということだった。中西にとって夢が夢でも、仮に夢というものが現実と関係していても、そんなことはどっちでも良かった。妹にだけ奇跡が起きなかったのだ。いくら献身的に患者を看護しても、中西が一番奇跡を望んだ妹が死んだという事実が、耐え難い陰鬱となって澱のように心の底に沈殿していた。

一〇

篤のリハビリ訓練は順調に進み、リハビリから二ヶ月が経った頃、遂に車椅子から降りて松葉杖を使った歩行訓練が開始された。やせ細った太腿筋は体を支えるにはまだ不十分だった。松葉杖で立つことができるようになれば同時に太腿筋のトレーニングにもなる。午前中のリハビリセンターでは平行棒を使った歩行訓練を繰り返した。腰から下の神経に脳からの指令がまだ十分に届かないようで、下半身の指先にまで力が入らなかった。

「柳田さん、ちょっとインターバルしましょう」

理学療法士の岸田は機転の利くクレバーな人だった。負けず嫌いの篤に対し休憩という言葉を遣えば『まだまだ』という返事がくることを理解していた。つまりインターバルという言葉で誘導し、無理な訓練をさせないように調整していた。篤もこの練習方法は野球部の練習と似ていると思っていた。だから岸田に信頼を寄せて彼の出す指示に忠実に従っていた。

「あともう一回で今日の訓練は終了です。午後は病室で腕と腹筋のトレーニングをしてください。するなと言ってもやりそうですけど」

二人で大きな声で笑うと、他のリハビリの方が訓練で使用していた直径二〇センチほどのゴムボールが転がってきた。岸田がさっと立ってボールをキャッチして転がすように返球した時、篤の脳裏に上級生に押さえつけられながら顔面にボールを叩き込まれたシーンと、救ってくれたサチオの顔が浮かんできた。


病室に戻った篤はすぐにレポート用紙を手に取るとサチオのことを書き始めた。そして夢の中で誰かにサチオの話をしたことがあったことを思い出した。

『これは夢なんかじゃない、実際の出来事だ。サチオのことは忘れない。上級生たちに押し倒され顔面にボールを投げつけられた時助けてくれた僕のヒーローだ。でもそれ以後話をすることもないままどこかに転校していった。サチオは三年間の夢の中にも出てこなかった。そしてサチオの手がかりも一切ない。苗字も未だ思い出せないままだ。小学四年生の一学期だけいた彼は卒業アルバムにも載らず、同級生にサチオの苗字を聞いたこともあったが、誰も覚えてはいなかった。難しい苗字ではなかったのでどこかで同じ苗字を見ればそれだとわかる自信はあったが……、これまで同じ苗字の人に出会ったことがなかったのか？　それとも、単に僕の記憶違いなのか？……』

「どうしたの？　今日はあまり元気がないみたいね」

　中西が病室に来て検診の準備をしながら篤に声をかけた。

「これは夢の中の出来事とは違うんですが、もう一つ重要なことを思い出したんです。僕が小学生の頃、僕はいじめられっ子でした。その時助けてくれた転校生がいたんです。名前はサチオ。苗字は……、よく覚えていないんです」

「サチオってどんな字？」

「実は、それさえわからないんです。でもどうしても彼に会いたいと思ったので、僕は野球部に入ったんです。優勝した翌日のスポーツ新聞を見て、サチオが連絡をくれないかなって、とっても期待していたのに…」

　彼女は布団をはぐと、弱々しく答える篤を横目に看護師の冷静な雰囲気を醸しながら事務的な態度で接した。

「そう、ゆっくり手がかりを思い出せばいいじゃないの。さあ、リハビリ、リハビリ。午後のリハビリ、全然してないんじゃないの？」

　中西は篤に気合を入れると余計なおしゃべりはせずにさっさと病室から出ていった。

　中西は昨夜もよく眠れず一晩中モヤモヤしながらいろいろなことを考えていた。そして篤の長い夢が誰かと繋がっていると考えることは自然なことだと結論付けていた。

中西もまた夢の中で妹と繋がっていたと信じていたからだ。

『夢の世界がどうなっているのかはわからないが、助からなかった妹のことを考えると、どうしても私の関わったこの二件の奇跡を手放しで喜ぶことはできない』

中西は自分の心の底に潜むドロドロした澱をはっきりと感じていた。そして、篤の夢の中での体験にこれ以上深く関わるのは、看護師として間違っているかもしれないと思い始めていた。

『奇跡は二度も起きた。しかし、起きなかった奇跡もあった。本当は、ただそれだけのことなのだろう。深く考えても、意味などはない…』

篤を邪険に扱い、病室から出て廊下を歩く中西の頭の中に、突然目覚めたばかりの篤が喋った声が響いた。

『何やってんだ？　有村』

「えっ？」

振り返るが誰もいない。

『彼は最初私を「有村」と呼んだ…』

中西には篤の思い出す出来事がどれ位あるのか見当もつかなかったが、昨夜感じた自分自身の心の底に溜まる澱が、この奇跡に対する強い興味と、妹だけが助からなかった悔しさが激しく交錯して撹拌されるように感じていた。

『何やってんだ？　有村』

　頭の中に突如聞こえてきた篤の声に足が止まり振り返った時、続けて妹の声までが聞こえてきた。

『お願い、私のためにも』

「はあぁ～～～～～……」

　中西は呻くように長い溜息をついた。バカバカしいと思えることだったが、彼女には篤が探すサチオという名前にかすかに心当たりがあった。本当はこれ以上付き合いたくないという感情が先行していた。仮にこのネガティブな感情が湧かなかったとしても、それはかなり遠くにある記憶だったので口に出せるほど確かなことではなかった。そして、それは彼女自身の記憶を辿る作業も億劫になるほどほんのかすかなかつ不確かな記憶だった。揺れ動く気持ちや葛藤を感じながら、彼女はもう一度深く長い溜息をついた。

「はあ～～～～……」

　中西は結婚後に東京に住み始めたが、実は篤と同じ富山県の出身だった。そしてこの病院で働く看護師の中に同郷者がひとりだけいた。以前名簿に記載されていた出身地一覧で見た覚えがあった。しかし現在では個人情報保護法の関係で名簿を見ることができない。そしてこの同郷看護師の息子が高校生だった頃、この病院で亡くなったという記憶だった。当病院職員の家族の訃報は書類で通知された。彼女の息子の名前が確か『サチオ』という名前だったような気がした。そして中西もまたこの同郷の看護師の苗字を思い出せないでいた。それは篤の言う通り、特段珍しくもないありふれた苗字のような気がするのだが、同じ苗字の人にこれまで出会ったことがなかったので、その苗字を思い出せなかった。

彼女の息子について考え出すと、自分でもこのことを確認したいと思い始めた中西は、払拭できないモヤモヤ感を振り払うために事務局に行って総看護師長を訪ねた。

「総看護師長、数年前のことですが、確か当院の看護師の息子さんがこの病院で亡くなられたということで訃報の書類が回っていたと記憶しているんですが、その方のお名前と亡くなられた息子さんの名前などはわかりますでしょうか？」

「まあ、そんなこと、あったわよね。書類を探すのなんて大変だわ。でもその方は現在手術室看護師の……ん～……ちょっと待っててね」

総看護師長は机の上のドキュメントスタンドからブルーのハンギングファイルを取ると、中にある看護師名簿を指でなぞりながら手術室に配置されている看護師の名前を探した。

「ああ、この方だわ。川友《かわとも》さん、川友恵美子《えみこ》さんよ。でも息子さんの名前まではね～」

「わかりました。ありがとうございます。本人に直接聞いてみますわ。大変助かりました。どうもありがとうございました」

中西は深々と頭を下げてドアを閉めた。そしてそのまま手術室へ行き、川友を訪ねた。川友はこの日中西と同じ日勤で、声をかけると「交替した後、病院のそばにあるカフェで話しましょう」ということになった。川友は中西の母ほどの年齢で、少し変わった訪問の仕方をした中西に対して変に敬遠することなく優しく接してくれた。

「あら～、あなたも富山県出身なの？　へ～珍しいわね。どこ？　富山市内？」

中西は少し恥ずかしそうに「ええ、富山市内です」と答えると、川友はラッシュのように話を始めた。

「私は旦那が大手電機メーカーの転勤族だったんよ～。だからしょっちゅう転勤に付きあわされとったたん。でも、看護師の資格は便利ね～。どこ行っても通用したわ。あなたの旦那さんも転勤族？」

「私は実家近くの病院に勤務していました。ある日総合運動公園でラグビーのリーグ戦があったんですが、怪我をして運ばれてきた選手の担当をすることになったんです。

それがきっかけでその方にプロポーズされて…それで今は彼の所属チームの本拠地である東京で生活することになったんです」

「まあ、まさしく逆ナイチンゲール症候群ってやつね。ロマンチックね～、うらやましいわ～」

中西は勢いのある口調で個人的なことをあれこれ聞いてくる川友に、恥ずかしそうに答えながら、タイミングを計って本題を切り出した。

「実は川友さんにひとつお伺いしたいことがあるんです」

「まあ、何かしら？」

「そのう、もしお気を悪くさせたらごめんなさい。何年か前、川友さんの息子さんが、うちの病院でお亡くなりになったことです」

川友は手に持ったコーヒーカップをソーサーに戻すと、真顔になってゆっくりと背筋を伸ばして中西の顔を見つめた。

「もしかしたら息子さんのお名前ですが、サチオさんとお呼びするのでは？」

「…ええ、そう……祥生《さちお》よ。でもどうして？」

「富山県にいたのはサチオさんがいつの頃だったか覚えていらっしゃいますか？」

「まだ小学生の頃よ。結婚して祥生がすぐ生まれて、全国あちこちに転勤してようやく富山に戻ってきたわと思った途端、また転勤になって、旦那とひどく喧嘩したのを覚えているもの。祥生も全然友達ができないって、毎日泣いていたわ。でも、どうしてそんなことを？」

「実は、今私が担当している患者さんですが、ほら三年ぶりに目を覚ました柳田さんです。実は彼も富山県の出身なんですよ。その柳田さんは小学校から高校までずっといじめられていて、ある日学校でいじめられているところに祥生くんが現れて、彼を助けてくれたそうなんです。でもすぐに引っ越して行ってお礼も言えないままになってしまい、実は彼、今でも祥生くんの行方を探しているんです」

話を聞きながらぼうーっとフリーズしたように動かなくなった川友を前に、中西は篤から聞かされた話を伝えた。

「そう…」

ポツリと溜息が溢れるように一言呟いた川友の目から大粒の涙が一粒こぼれ落ちた。

「ごめんなさい。私、祥生に何もしてあげられなかったの。まさか高校生で白血病を発症するなんて、夢にも思わなかったわ。あの子…」

そこまで話す川友だったが、途中で言葉が切れたまましばらく沈黙した。

「私、その柳田さんにお会いしてもいいかしら？」

「もちろんです。でも、私の方からある程度説明したほうが良いんじゃないかと…」

「そうね。ショックもあるだろうし…、でも驚いたわ〜。祥生に友達がいたなんて…

祥生のことをずっと思っていてくれた友達がいたなんて、ちっとも知らなかったわ。あなたに呼び出された時、いったい何事かしらって…、でも少し嬉しい気がする。……やっぱり、意識は繋がっているのね」

「えっ?」

「ああ、いえ、いえ、あの子がよく言っていた言葉を思い出したんですよ。変わった子で、おかしなことばっかり言っていたんです。ホホホホ…」

翌朝出勤した中西が検診で篤の病室を訪れると、手短に、そして事務的に川友から聞かされた話を伝えた。

「日勤が終わって緊急手術もなければ、早くて五時四五分頃にここに来てくださることになってるわ。それでいい?」

篤は無表情のまま無言で頷いた。

「はじめまして。川友です」

そう言って入ってきた川友の顔を見ながら、篤はサチオの面影を探した。

「もう少し痩せていれば…少しは祥生と似たところがあったかも…フフフ」

篤の顔を見てすぐに思いを察した川友は、篤の両頰を両手でしっかりと包み込み

「ありがとう」と声に出した。篤は不慮の訃報と彼の母親の手に顔を包まれたことで、目から大粒の涙が溢れてくるのを堪えきれなくなった。川友はベッドの隣のパイプ椅子に腰掛けた。「あなたの思い出の祥生を教えてちょうだい」

篤はベッドに横たわりながら何か話をしようと何度か口をパクパクさせたが、ポロポロこぼれ落ちる涙と嗚咽する声以外一言も話すことができなかった。

篤にとって、もう一度祥生に会いたいという希望が、今日までの人生を支え続けてきた。いつか彼と再会することが唯一の将来の希望だった。思いもよらぬ突然の訃報を聞かされても、しばらく応答することができず、そして川友の登場がその事実を証明していることで、篤は魂の抜け殻という悲しみを象《かたど》った彫刻のように固まっていた。

「川友さん、申し訳ございませんでした」

このどうしようもない状態に頭を下げる中西に「いいのよ。ありがとう」そう言って川友が椅子から立ち上がった。

「ありがとう、篤くん。祥生は毎日友達ができないと言って泣いていたのよ。でも、あなたみたいにずっと祥生のことを覚えてくれていた友達がいたなんて、私はとても嬉しいわ。そうだ、歩けるようになったらうちにいらっしゃい。祥生の部屋、当時のままにしてあるのよ。変わった本がいっぱいあるから見に来なさいよ。約束よ。待ってるからね」

川友がハンドバッグを手にして立ち上がると、中西が病室のドアを開けた。

「祥生くんは、この病院で亡くなったんですか？」

不意に篤が口を開いた。

「……そう。白血病になっちゃって…」

「僕が高校三年生の時、当時僕は学校や両親から進学するかそれとも就職するのかという二択を迫られていました。僕にとってはその両方どちらも嫌だったんです。それでも日に日に期限が近づき、とうとう三者面談の日になりました。でも僕はその少し前に自分なりに第三の選択肢を見つけていたんです。それは……、自殺することでした。高校生活では一切誰とも話をすることなく過ごしました。全校生徒から無視されていたからです。それは、僕が中学生の時に街で偶然見かけた集団暴行を止めに入ったんですが、目撃者が僕以外いなくて、そして僕が犯人扱いされました。警察は僕を二日間も取り調べました。最初は単なる事情聴取だと思っていたんですが、最後は机をドンドン叩きながら激しく尋問されました。そして取り調べの最中に警察が、僕を、僕を暴行容疑で取り調べていると、たくさんの同級生に話していたんです。その後は全校生徒が僕を無視し始めました。僕は何もかも嫌になり何をするにもやる気など一切起きませんでした。高校になっても噂が広がり、結局僕は何も見えなくなりました。

そんな僕に進路を決めなければならないと言われても、一体何を選択するのか、僕には一切わかりませんでした。『何もかも、消えてなくなれ』そう思いました。でも、今の僕もまた当時と同じ気持ちです。野球部のあの地獄のような苦しみを乗り越え、この手で掴んだ優勝という栄光は、現実ではなく、目覚めてみれば眠っていた三年間を差し引くと、自殺しようとした日からまだ半年ちょっとしか経ってないことに気づいたんです。僕は、どうして目覚めてしまったんでしょうか？　このまま目覚めずに死ねたらどんなに良かったことか…僕の栄光の記憶も次第に薄れていくようで、もうしばらく経てば、苦しみも栄光も、単なる夢の中に消えます。どうせ消えるなら、僕自身も一緒に消えてなくなればいいのに……」

　言葉を失う中西と川友は、お互いの顔を見ながら立ち尽くしていた。やがて再び篤が話し始めた。

「あの日、母に呼ばれて庭に出ました。庭先の田んぼにホタルがたくさんいて、その時背後から祥生が『大丈夫か、篤』と声をかけてきたんです。そして同時に母が『進路どっちにするの』って聞いたので、僕はなぜか急に『進学する』って言ったんです。あのホタル、もしかしたら……」

　幻を見るように言葉を詰まらせる篤を見ながら、川友がベッドに近づいてきた。

「祥生はおかしな子でね。友達もいなかったから、ずっと一人部屋で本を読んでいるような子だったのよ。その本も精神世界の本とかオカルトじみたものばかりで…。私も、看護師だから、実は幽霊のひとつやふたつくらい見たことがあるのよ。退院したら是非一度うちに来てちょうだい。あの子の趣味はあなたとも合うかもしれないわ。それに、もしかしたら、あの子こそ、あなたが訪ねて来るのをあの部屋で首を長くして待っているかもしれないわ。だから、ね！」

「祥生…」

夜中に目が覚めた篤は、教えてもらった祥生という漢字をレポート用紙に書いてみた。

『川友祥生』

ありそうで出会えなかった、簡単で、どこにでもありそうな苗字と名前が目の中に映り込んだ。

『もしかしたら、祥生は二度、僕を助けてくれたのか？』

ホタルの映像と祥生の声が頭の中で何度も再生された。

『クッソ〜、お前ら何やってんだ。篤が一体何した！　あっちにいけコラ〜！　先生に言うからな』

『大丈夫か、篤…』

ピンチに陥った時いつも聞こえてきた祥生の声が、今篤の頭の中でうねり声のように渦巻いていた。打ちひしがれるように項垂れながらもう一度「祥生」と呼んでみた。

すると今度は耳元でささやく別の誰かの声が聞こえてきた。

『……私のお願い……』

一一

篤の歩行訓練は順調に進み、医師から一ヶ月後には退院できると診断された。

ある日篤は外出許可をもらい歩行訓練を兼ねて祥生の自宅を訪問することになった。段取りをしてくれた中西自身も夢の中で不思議な体験をしたことがあるようで、篤の不思議な夢の中の出来事を信じると言ってくれた。また川友が言っていた祥生の精神世界の探求という変わった趣味についても興味が湧いたようで、篤の付き添いを兼ねて中西も一緒に川友宅を訪問することになった。

入院してから初の外出に加え、ずっと探してきた祥生の自宅へ行くにもかかわらず、篤の心境は浮かないままだった。小学四年生以来ずっと探していた彼との再会は叶わぬ夢となり、彼のいない空っぽの部屋を訪ねることがひどく虚しく思われた。

「手土産には、何を持っていけばいいかな?」

「翔くんの時と同じサインボールなんてどうかしら?」

篤はサインボールという言葉からも虚しさを感じたが、途中にあるスポーツ店に立ち寄って、硬球ひとつとバットを三本束ねた形のボールスタンドを購入して、硬球に篤のサインを入れると『祥生へ』と記入した。

二人は電車とバスを乗り継ぎ川友の住むマンションに向かった。

「旦那が出張中で今日は私だけだから、遠慮しないでね」

中西が川友と看護に関する会話をするのを隣で聞きながら、部屋の中を見渡して祥生の痕跡を探した。きれいなアンティーク調ガラスのコレクションラックの上に、昔撮った家族写真を見つけた。ソファから立ち上がり写真を手に取ると、そこに記憶の中の祥生の顔があった。思わずこみ上げてくるものをぐっと堪えながら他の写真も手にとった。保育園の時の写真やすっと背が伸び大人っぽくなった高校時代の写真もあった。

「祥生の部屋に行く？　こっちよ」

川友に案内されて玄関から入ってすぐの部屋に入った。机の上の本棚には高校三年生の教科書が収められていた。ほとんど使われてない教科書を見ると、頭の中に六月という言葉とたくさんのホタルが目に浮かんできた。教科書を本棚に戻し、祥生の椅子に腰掛けてみた。座面を中心に左右に回転させてみると奥にある本棚に目が留まった。中には『風の谷のナウシカ』の漫画本が全巻収められていて、一冊手に取ると何度も読み込まれた形跡を感じた。
他にはニーチェの哲学とかチャネリング、瞑想、霊視という類の本がずらりと並んでいた。本の中に紛れるようにして押し込まれている薄い冊子を見つけて取り出してみると、それは祥生の書いたノートだった。中を開くと日記のようでもあり思ったことを書き綴った手記のようでもあった。

『あ〜〜〜、また転校だ。もう何度目になるんだ〜。最悪だ。これがボクの人生か。今回は特に優しい人たちが多かったから、あんなに盛大にお別れ会なんかしてくれたんだな。悪くはないけど、でも誰一人手紙をくれる人はいないだろうな。未だに一人の友達もできないままだ。今まで誰も友達がいないなんて、これがボクの人生か？
……』

小学校三年生になった祥生は、予定通り今までの小学校に通うはずだった。しかし父の会社の工場で事故が発生したことで急遽人事異動があった。その結果岡山県玉野市から三重県伊賀市に引っ越すことになった。既に慣れっこになっていたが、せっかく仲良くなった同級生とも早々にさようならをすることになった。玉野市の小学校では転校生を温かく迎えてくれ送り出しも盛大にしてくれた。しかし他愛もないイベントのように感じたのは、子供たちにしてみれば教室でお菓子を食べる口実になっていて、それが楽しみだからだ。そして、どんなに仲良くなってもお別れ会をした後で手紙などをくれる同級生は誰もいなかった。

　三重県伊賀市は忍者の里だ。観光ガイドでも見どころがたくさん紹介されていたが、祥生の望みはたったひとつ、親友と呼べる友達ができることだった。祥生は友だちができる秘策を思いついた。それは人気者になることだった。

　いつものような形式で転校生として紹介された祥生は、「はじめまして」を言う儀式の中で行われる握手で一人ひとりと握手しながら、握手相手の過去や未来を読み取っていた。見えたことを記憶して話の種に自慢気に特技としてそれを披露した。クラス全員と握手しても全員覚えているわけではない。そこで祥生は印象に残った同級生に起きた過去の出来事で、祥生が知るはずのない出来事を言い当ててみせたのだった。

「じゃあ、次、オレのは？」

　次々にリクエストが殺到した。当然捌ききれず時間もなくなる。そして翌日にはまたみんなに囲まれるのだった。

「スゲ～、当たってるよ」

「え～、誰にも言ってないのに～」

「どうして、わかるの～？」

こうして常に祥生の周囲には人だかりができ、次第に人気者のように目立ってくると、この占いを見てもらえない他のクラスの生徒たちが不満を募らせるようになった。やがてその話が職員室に届くと、学年主任の先生が祥生を職員室に呼び出し「俺のも見てくれよ」と言って手を差し出した。祥生は恐る恐るその手を握ると、その先生から見えた映像が飲酒運転をして車をぶつけて逃げた映像だった。更に探ると酒を飲んで奥さんを殴っている映像が見えた。

「アレっ、おかしいな？」

祥生はそういいながら他の映像が見えないか探ると、今度は飲酒運転で逮捕される映像が見えた。

「あれっ、あれっ」

話すに話せない映像ばかりが見えた祥生は、首を傾げながらオロオロと動揺していた。その様子を見ながら学年主任が手を引っ込めると大きな声で笑い出した。

「こりゃ傑作だ。ワッハッハッハッハッハー」

学年主任の報告で祥生の占いは嘘八百だったと結論付けられた。

「本当は、何も見えてなんかないんだよ。嘘だよ、嘘。転校続きの子供が少しでも同級生の気を引こうとした嘘だ。校長先生、年間二回も転校させられたら、子供もこうなっちゃうんですよ。悪気はないと思うんです。可哀想な子なんですよ」

学校から注意を受けた翌日から、祥生は同級生から敬遠されるようになった。同級生たちは意識的に祥生を避けるようになると、祥生に触られないようにしなければならないという遊びが流行るようになった。祥生はまるでバイキン扱いされるようになり、昼休みに楽しみにしていたボール遊びにも入れてもらえなくなった。

自宅に帰っても共働きの両親はいない。この頃から祥生は自分の特殊な能力の秘密を調べるようになった。この特殊な能力に気づいたのは保育園に上がる前だった。保育園の頃はこの能力はみんな持っているものだと思っていた。誰かの手を握ればその人の過去や未来の映像が見える。より強く濃い出来事が最初に見え、その人の可能性が見える。可能性なので時間をずらしてもう一度見た時には、それが変わっている場合も多かった。ある日この不思議な能力のことを母に話したことがあった。母はしばらく黙って話を聞いていたが、信じてくれているわけではなかった。

「ごめんね、祥生、いつも転校ばかりさせて」

母に抱きしめられた時、学校に呼び出された母が、あの学年主任から強く注意されている映像が見えた。

祥生は自宅の部屋に閉じこもり、ぼんやりとしながら左右の手を握手させるように繋いでみると、こんどは自分の未来の映像が見えた。それは高校生で病気になって入院してそこで死ぬという映像だった。日をまたぎ、また同じことを何度か試したが、頭に映る映像はどれも同じだった。その他の映像に焦点を当てると一生懸命勉強している様子が映し出された。更に進むと今度は感情を前面に出し大きな声で叫ぶ様子が見えた。

祥生はこの能力について知りたいと思い、図書館や書店を回ったが、それらしい本は見つからなかった。諦めきれない彼は街の本屋を次々と回りながら本を物色し、時には購入した。古本屋に入って一〇〇円セールのカゴの中で目ぼしい本を発見したこともあった。しかし、ピンポイントでこの能力について書かれた本は見つからなかった。おそらくそんな本は存在しないのだ。

「そういうことなら、自分でこの能力を研究する以外にはない」

学校でこの能力を試すことはもうできなかった。自宅で自分の手を握って見えてくるものにも変化はなかった。祥生は生まれて初めて早く転校したいと強く願った。

そして翌年の三月、父の人事異動に伴う転勤で、今度は富山県に行くことになった。富山県は母の実家がある場所で、今度の転勤だけは母も、そして田舎のおじいちゃんとおばあちゃんも喜んでいた。

祥生の通う小学校はびっくりするほど田舎にあり、坂道を三〇分もかけて通学しなければならなかった。クラスは松組、竹組、梅組、桜組という変わった名前で四クラスあり、祥生は梅組になった。この小学校では転校の挨拶をしただけで特に握手のような儀式はなかった。そこで祥生はクラスの目ぼしい人物に当たりをつけ「よろしく」と握手をした。同級生の映像から見えてくるものはどれも似たようなものばかりで、親に叱られているものや兄弟げんかのものが多く、未来についても高校の受験勉強の映像しか見えず、年齢が上がるにつれ、友だちと遊ぶ映像も見えなくなるというごくありふれたものばかりだった。

しかし、この学校で素晴らしい遊びに出会った。それは昼休みに四年生が体育館を半分以上占領して野球をすることだった。どのクラスでもいいから給食を早く食べ終わった同級生が体育館まで走り、体育館の半分を占領した。野球が大好きだった祥生は、毎日昼休みに体育館でみんなと野球をするのが何よりの楽しみとなっていた。チーム分けは適当で、AチームかBチームに分けてどのチームに入るかだけだった。メンバーが九人を超えても、守備につく数が偏っていなければ問題はなく、守備につくのを交替しながら野球を楽しんでいた。祥生は昼休みの野球に夢中になり、特殊な能力に悩むこともなくなっていた。

ある日、いつものように野球を楽しんでいたら、レフトの守備にいた桜組の篤に六年生たちが詰め寄ると突然彼を押し倒してボールを顔面にぶつけ始めた。同級生たちは突然始まった上級生の暴力行為に為すすべもなく黙ってそれを見ていた。バッターボックスにいた祥生も一瞬何が起きたのかわからなかったが、篤が押し倒されて顔面にボールをぶつけられるのが見えた時、頭が瞬間沸騰したようになった。

「クッソ～、お前ら何やってんだ。篤が一体何した！　あっちにいけコラ～！　先生に言うからな」

そう叫びながらこの暴挙を首謀していると思しき六年生目掛けて体当たりした。倒れた六年生に向かってもう一度大きな声で叫んだ。

「お前ら何やってんだ。篤が一体何した！　あっちにいけコラ～！」

下級生の思わぬ攻撃で体勢を崩された上級生たちは、体育館で遊ぶたくさんの目撃者の白い目に晒された途端に居場所を失くし、黙ってそろそろと引き上げていった。

床の上では鼻血を出しながら泣いている篤の姿が見えた。

「大丈夫か、篤。なんだよ、あいつら～　篤が一体何したっていうんだ」

そう言って篤の手を摑んで引き起こすと、マットの上まで誘導して仰向けに寝かせた。

篤はノートに書かれた手記を読みながら震えていた。あの時の記憶が鮮やかに蘇ってきた。そして手記に書かれていた祥生の特殊な能力については理解しにくいと思いながらも、次に記載された内容を読むと立ち眩みがして倒れるほど驚いた。

『告白　秘密　話さなければならない。でも言えない。何もできないけど、忘れないうちにノートに書くことにした。

学校で篤の手を握った時、彼が高校生で自殺するのが見えた。その直後、今度は大学に行くのも見えた。二つの可能性がある。でも大学へ入学した直後交通事故で頭を打ってとても長い間意識不明になってしまう。その後病院の屋上から飛び降りて自殺する。

でもボクには何もできない。

別の映像

篤が中学の時に今日と似たような光景を目にする。でもそれは他校の生徒同士の諍いだ。それを見た篤は助けに走る。でもその女子生徒はもう助からない。彼女がさまよっているのが見える。とても悲しそう。彼女がボクに助けを求めているけど、ボクには何もできない。篤の映像だけがたくさん頭に映った。ほんの一瞬だったのに。ボクもそうだけど篤もあの女子生徒も、まるで地獄に閉じ込められているようだ。ボクらは為すすべもなく地滑りに巻き込まれる草木のように、どうすることもできない人生を歩くしかないのだろうか？』

祥生はあの時の出来事を書いていた。上級生を蹴散らして篤を助けた祥生は、篤の手を握った瞬間に、彼の未来が見えたのだ。

篤は告白と書いてある部分を何度か読み返した。高校三年生の時に自分で出した選択が自殺することだった。ネットショップでナイフを買い、机の奥に仕舞った時の光景が頭をよぎった。このノートに書いてある通りだった。


『実験　やっぱりボクの運命は変わらないみたいだ』

『実験の結果も変わらない。最近毎日のように考えてしまう。ボクが生まれてきた理由。変えられない運命と生まれ持った不思議な能力は、一体何のためにあるんだろう？』

『お母さんが夏休みに富山の実家に行こうと言った。ボクは篤のことが気になっているけど、いまは何もできないしどうしようもない。会いに行くべきか悩む。でも、成り行きに任せることにした。ボクの人生が今篤に会えというのならその場が用意されるだろう。でもおそらくボクの人生は、あの女子生徒に会いに行けと言ってるような気がしてならない』

ノートはここで終わっていた。ノートを本棚に仕舞おうと両側の本を左右に寄せたとき、くの字に折り曲げられて仕舞われている別のノートが見えた。そのノートを奥から引っ張り出すと、そこにはさっきのノートの続きが書かれてあった。

『不思議なことが起きた。僕は高校生で死ぬことになっている運命を受け入れることにした。そう諦めた時……』

祥生は中学三年生になる頃から、受験勉強の息抜きのように時折自分の掌どうしを握り合わせながら、何度試しても変わることのない自分の未来を覚悟するようになった。

「何度やっても同じだ。こういうのが運命というのか？」

祥生が高校生になり、父が昇進し東京本社の執行役員になったことで転校することはなくなった。しかし自分の両方の掌を握手するように握っても、自分が白血病で死ぬという映像に変化はなかった。祥生は覚悟を決めた。両手の掌どうしを握りながらもうすぐ自分が死を迎えるということを諦めるように受け入れた瞬間、あの日篤の手を握った時に見えた彼の過去と未来の映像が突然現れた。そして当時見えなかった篤のその他の映像が頭の中を駆け巡った。祥生は見えてくる映像を注意深く観察した。

柳田家は篤が小学校に上がる前に引っ越したが、その近所に住む上級生らから毎日いじめを受けるようになった。集団登校で前を歩く上級生が急に止まり、後ろを歩く上級生がわざと篤をサンドイッチ状態にして蹴ったり叩いたりしている光景が見えた。それは些細な子供の悪ふざけだったが、飽きもせず毎日執拗に行われていた。この連中が体育館で篤を襲った連中だった。

次に見えたのが中学生になった篤だった。上級生らは受験などで忙しくなり集団登校もなくなったことから、篤と連中とは関わりがなくなった。彼が街の中を歩いていた時、集団で女子生徒を暴行する現場を見た。そして彼は勇気を出してそいつらを追い払った。しかし周りには暴行現場を見たものが誰もいなかったため、篤が犯人扱いされてしまった。結局彼がお咎めを受けることはなかったが、それから、そして高校に入学してからも篤は暴行事件の犯人として変な噂を立てられ、みんなから無視され続けていた。

高校三年生の六月、進路選択に悩む彼は、悩み続けた挙げ句に第三の選択肢があるということに気づいた。それは『自殺する』ことだった。彼は通販サイトでナイフを購入し、河川敷で頸動脈を切って自殺する映像が見えた。しかしそれは現時点で最も高い可能性であり、もう一つ薄っすらと見えているのが大学へ行く決心をする映像だった。その可能性と同時に見えたのがたくさんのホタルだった。

篤が大学へ入学した直後、交通事故で頭を打ち三年近くも目覚めない事態が起きる。目が覚めれば一〇〇キロほどあった体重は半分ほどになっていて、篤は無様な姿になった自分自身の運命を激しく呪う。絶望しリハビリもしないまま生ける屍の如く一生を病院のベッドで過ごすことになる。また別の映像では、動けるようになるまでリハビリをしながら自殺しなかったあの日を後悔して、動けるようになった途端に飛び降り自殺に踏み切る映像だった。

祥生は自分の能力がどんなものなのかということについて、オカルト雑誌やいろいろな本を買って読んでいたが、そこには能力を持った人がその能力ゆえの利権に絡んで不幸な人生を送ったことや、今現在の祥生と同じように一般の人にはない特別な能力に深く悩む姿が多数描かれていた。実際祥生も特殊な能力を持ちながら何の役にも立たないことに悩んでいた。もうすぐ死ぬ運命にもかかわらず、篤の苦しみやあの女子生徒の悲しみが亡霊のようにつきまとっていた。

『人生は、転機とイベントによって変化させることができる。「意識的に生きる」という選択をすることで、考える内容や行動の質が変化して、満足する人生を歩むことが可能となる。中にはボクと同じように若い時期に死去する定《さだめ》を持つ者もいる。通常人は自分がいつ死ぬかわからない。でもボクにはそれが知らされている。にもかかわらず、この能力が生かされないまま黙って死ぬしかないならば、ボクの人生は一体何のためにあるのだ？』

祥生は毎日のように自分に与えられた特殊な能力と、自分の人生の有るべき姿について悩んだ。そしてある日、思い浮かぶ様々なことに決まって登場するものがあることに気がついた。それはまず自分自身に与えられた特殊な能力のことと、もうすぐ病気が発症して死ぬということ、そして今まで見えた様々な人たちの過去や未来から、特に篤の絶望的な未来と、篤が助けた女子生徒がその後数年間に亘り、意識不明のまま ただ黙って死を待つしかないという悲痛な叫び声を上げている光景だった。

祥生は自分の役割というものに焦点を合わせ、考察を重ね、残された短い時間の中で何か自分にできることはないのかと必死になって考えた。

『僕の人生は僕に、まだできることがあると教えてくれているはずだ』

高校一年生の夏休みに予定通りに母の実家へ行くことになった。母が一週間の夏季休暇をとって、小学生の時に何ヶ月間か過ごした富山県にある祖父母の古い大きな屋敷へと出掛けた。

篤と再会することも頭をよぎったが、それよりも意識不明のまま入院しているあの女子生徒に惹きつけられるように、映像で見た病院を探し出すとそこへ向かった。病院へ着くと深呼吸して病棟へ向かい、集中して女子生徒の意識に焦点を当てた。エレベーターに乗ると一緒に乗り込んだ看護師が六階のボタンを押した。誘導されるように六階でエレベーターを降りると、ナースステーションの直ぐ側にある病室に意識の焦点が合わさった。病室の前まで行き、中に人の気配がないことを感じると、そっとドアを開けて病室に入った。ベッドのネームプレートには『有村未夢《ありむらみう》』と記載されていた。ベッドの傍に行ってそっと彼女の手を握った。彼女の過去が見えてきた。

ドックン

篤は彼のノートに書かれた『有村未夢』と書かれた名前を見た途端、心臓が大きく鼓動して震え始めた。

運動も勉強も人よりも努力していた彼女は、発言も積極的で白黒はっきりしているタイプだった。彼女は中学の文化祭の実行委員長となって段取りなどをしていた。委員に選出されても出席しない連中がいて、彼らは文化祭の内容が決定した後で勝手なことを言い、その意見を却下した彼女を人気のない場所に呼び出して集団で暴行した。その中のひとりが手に石を持ち彼女の頭に落としたことで、彼女が脳挫傷となった映像が見えた。

もう少し過去を遡ると、彼女が学校で発表する姿が見えてきた。作文で将来の夢を語っていた。

『私の夢は、スポーツトレーナーになることです。才能があっても怪我をした選手を復帰させたり、才能を活かしたポジショニングをしてあげたりすることが夢です。その選手がカッコよく、将来の旦那さんになるという可能性のある選手にしかトレーナーはしません』

彼女がクラス中を爆笑の渦に巻き込んでいる様子が見えた。

彼女は今、病室で横たわる自分にとても悲観的な感情を持っていた。彼女は祥生を通して自分を助けてくれたのが柳田篤であることと、それが理由で彼が全校生徒から無視し続けられて過ごしたことを知って更に自己憐憫の渦の中に陥った。

『これが彼女の持ってしまった…徹底的な自己否定…そして自己憐憫…無限ループ地獄…』

廊下を歩く人の気配を感じた祥生は、彼女に夢の中で会う約束をして病院を去った。

祥生は有村に触れ、彼女の無念さを理解した。彼女と約束したことで夢の中で彼女と意識的に会うことができるようになった祥生は、その晩早速夢の中で彼女と邂逅した。

『こんにちは、有村さん』

『川友くんありがとう、さっきはわざわざ来てくれて。あなたは器用なのね。どうしてこんなことができるの？』

『ボクにも謎なんだ。誰かの手を握ればその人の過去や未来が見えるんだ。でもこうして夢の中で意識して人に会うのは今回が初めてなんだ。君に会いに病院へ行くと決めた時から夢で会うことができる能力に目覚めたとしか言えないけど……、でもその話はまた今度しよう。早速いくつか相談したいことがあるんだ。君も気づいている通り、ボクはこの変な能力の所為でずっと悩み続けているんだ。最初に言うけど、ボクはもうすぐ白血病を発症して死ぬことが決まっているみたいなんだ。これは変えることが出来ない。もうどうすることもできない運命なんだ。ボクが一番悩み苦しんでいるのは、どうしてこんな能力を持たされたのに短い寿命で生まれてきたのかということなんだ。現時点でボクが生まれてきた意味は殆どない。何もできないままこの人生を終えることになってしまう。君も知ったように共通の知人の柳田篤がもうすぐ自殺する。運良くそれを回避しても、すぐ交通事故で今の君と同じようになる。彼はいずれ目覚めるけど、その後は確実に自殺する。そして君も気づいている通り、はっきり言うけど、君はもう、二度と目覚めることはない』

『わかってる。だからなおさら私も、自分が生まれてきた意味を探しているのよ。このままずっと家族に迷惑をかけ続けて死んでいくのを、何もできないままでいるのがどんなに辛いか…………』

『わかるよ、とっても。……ねえ、今から僕の考えを話すから聞いてくれないか？』

『ええ、もちろん…』

『君の夢は、いまも学校で発表したスポーツ選手専用のトレーナーになること？』

『そうね、もう考えなくなったけど、強いて言えばそんなところね』

『その夢を叶えてみないか？』

『えっ、どうやってそんなことできるの？』

『この方法を使おうと思うんだ』

『この方法？』

『夢だよ、夢の中で君が篤のトレーナーをするんだ。いいかい……』

祥生は有村に、これから篤に起きる出来事と、彼が眠り続けている間に彼の可哀想なほど傷ついた心と精神力を鍛え上げるという作戦を提案した。

『その頃にはボクはもうこの世にはいない。僕は、何としても篤の自殺を止めたいと思っている。彼が交通事故で眠り始めたら君と彼の夢をつなぐよ。あとは君のトレーナーとしての才能と篤自身のやる気次第だ。でも彼が目覚める頃が、君の人生のタイムリミットでもある。それまで思いっきり篤と一緒に大学生活を楽しむんだ。でもその前に、ボクが死んだ直後くらいに篤の自殺を止める必要がある。できる可能性は十分にあると思っている。これはボクがなんとかする……大丈夫、思いはきっと届く。人間の意識は個別で存在しているんじゃなく、みんな巨大なプールみたいなところに繋がっているんだから』

『巨大な、プール？』

『ゴメン。うまく表現できなくて。ボクらはみんな一つの巨大な意識みたいなところに繋がっているんだよ。ボクら個々人は同じ意識の一つの表現に過ぎないんだ。だから、本当は繋がろうと意識すれば繋がることができるんだ』

祥生は夏休みの短い一週間を祖父母の実家で楽しく過ごし、夜には夢の中で有村と相談を重ねた。そうしながら祥生は、人生とは誰かの役に立つことで報われるということに気づいた。それは祥生がこの人生で学んだ一番尊いことだった。

地球の百倍ほど強い重力を持つ無念という感情で、何もできないままただ死を待ち眠り続ける有村の運命を知り、彼女の夢を叶える作戦を立てた。そして生まれてきた意味を見つけ出せず、無駄な能力を授かったことに憤っていた過去の自分にさようならをすることができた。祥生は自分自身の計画に満足していた。

やがて運命が告げる通り、祥生は高校二年生に進級した直後白血病を発症した。体が思うように動かず、検査の結果が両親に伝えられた。両親はいろいろ検査をしなければわからないと祥生に説明したが、彼には既にわかっていた。そして篤の自殺を食い止める方法や、有村と篤をどうやって出会わせればいいかをワクワクしながら考えた。いつしかボールペンも持てなくなるほど弱り果てた祥生は、ゆっくりと瞼を閉じた。

『確かにボクは、殆ど何もできなかった。でも今から大きなことができるような気がする。死ぬ直前のたった一瞬のチャンスだけど、最後の計画がうまくいくことを祈るだけだ。大丈夫、意識は繋がっているんだから、思いは届く。きっとうまくいくさ……』

「有村未夢…」

篤は祥生のノートを見ながら愕然とした。

「いつか、あの日…」

中学三年生だったあの日、街を歩いていて偶然通りかかった駐車場で見た集団暴行されていた女子生徒が有村だったのだ。

「うつ伏せで倒れていたので顔は見えなかった。犯人扱いされ取り調べを受け、その噂が広がって誰も篤と話すものはいなくなった。その後その女子生徒がどうなったかなんて知りもしなかった…」

有村未夢が、今にも忘れそうに消えそうになっていた篤の記憶の中から、その声とその姿とが、鮮やかに飛び出してきた。

『ちょっといい？　さっきから聞いてりゃ、一人客は団体客に席を譲るべきだとか、他人の容姿についてあれこれ言っているけど、あんたらも周り見なさいよ！　座わる場所の空きを待ってトレー持っている人が何人もいるのに、なんであんたら隣の椅子に自分の荷物置いてんのよ！　あんたらの自分勝手な馬鹿な主張、周り中のみんなが聞いて呆れてるわよ！　あんたらだけで空いている五つの椅子に荷物置いてんのよ』

『人の容姿がどうこう言う前に、あんたのそのセンスのない真緑の髪の毛、見ていて気持ち悪いわ。鏡見たことある？　貸しましょうか？　か・が・み』

『ねえ、それより私たち二度も一緒にランチ食べたよね。私たち友達になった？』

『ありがとう』

『よし、なまった体を鍛えなおそう！』

『ねえ、そういえばさあ、篤はどうして大学に進学しようと思ったの？』

『今から話すことだけど、本当に真剣に聞いてほしいの。そして、忘れないでほしいの、いい？』

『……それは、単なる私の、私のお願いとしか言えないけど…。だから、無理矢理にしろとは言わないわ』
『ありがとう』
『ありがとう。こんな遅くまで、頑張って書いてくれたんだね』
『ありがとう』

忘れかけそうになっていた有村の声と顔が、しっかりと鮮やかにフォトペーパーに焼き付けられるように蘇ってきた。

忘れて消えそうになっていた『誰か』は、あの頭に聞こえてきた声の主は、有村未夢だった。そして……。

「有村も、死んだ……………………」

篤は鐘撞き棒で頭を殴られたように真っ逆さまに地獄に落とされた。

抜け殻は、まったく動かなかった。五感も完全にシャットダウンした。

一二

「意識は、繋がっている……」

祥生の自宅からどうやって病院まで戻ってきたのか、何も覚えていなかった。突然の爆風で目の前にあった家や家具が一瞬で吹き飛ばされたように、心が、感情というものが体から吹き飛ばされたようだった。

ベッドをリクライニングさせて上半身を起こすと、ベッドサイドテーブルに置かれたトレーの中のカレーライスをスプーンに掬って口に入れた。

『日替わりランチも美味しそうね。私もそれにしたかったんだけどもう売り切れてたの。次は端然と日替わりランチにありつきたいわ。金曜の二時限目が長いのよ。だから毎週金曜日はカレーになってしまうのね。横須賀の海上自衛隊みたいね、フフフ……』

今スプーンで掬って食べた分量と同じ分の涙がトレーの中にポタポタと落ちてきた。感情がゆっくりと再起動し始めた。

「現実って、一体なんだろう？」

『柳田さん、私、あなたにずっと言わなかったことがあったの……。実は私……、旧姓は有村っていうの。このノートに書いてある有村未夢は、私の妹なの……』

あの時、祥生の部屋で聞かされた中西の突然の告白に、一瞬我に返ったことを思い出した。

「一体、どれだけ地獄なんだ……僕の人生は……そこにどんな縁や繋がりがあっても、仮になくても、結局は分断されているだけじゃないのか～～～～～～～」

有村は中西の妹で、篤が助けた女子生徒が有村で、篤が目覚めた頃に有村が息を引き取ったという説明をされても、何ひとつ受け入れることなどできなかった。

「意識は繋がっている？」

夢の中の出来事と現実の世界の交錯を体験した篤が、祥生からたくさんの言葉をもらい、それを実体験と照らし合わせてみれば、確かに祥生の言う通りなのかも知れなかったが、今の篤にはもうどうしようもない、終わってしまったことでしかなかった。

コンコン
「失礼します。柳田篤さん？」

「…はい」

「郵便です」
病院の宅配便受取窓口のスタッフが篤あての郵便を一通持ってきた。縁《ふち》に花柄の型押しがしてある淡いオレンジ色の封筒の裏には『川友恵美子』と書かれてあった。

『拝啓　柳田篤　様
お元気ですか？　リハビリの方は順調に進んでいますか？
さて、私は夫の急な海外転勤に付き合うことになり、オーストラリアのブリスベンに行くことになりました。この手紙が届く頃にはもう出発しています。今までの私であれば、たとえ今回の夫の一年という期限付き転勤でも付き合うことなどは考えもしなかったと思います。しかし、今回柳田さんとお会いすることができ、私の凝り固まった考えを見直してみようかなと思ったんです。
その前に、祥生のことをずっと長い間心に留めていてくれて、本当にありがとうございました。私はまずこのことに本当に感謝しています。最初に中西さんから聞かされた時は冗談かなって思ったほどでした。いつも友達がいない、友達ができないと言って泣いていた祥生に、あなたのような素晴らしい友達がいたことが本当に嬉しかったです。ありがとう。あなたに出会えて、初めて祥生がどんな子だったのかということを知りました。私も夫も祥生のことを変わった子供だと思っていたのですが、子供は鋭い感受性をありきたりな言葉で表現できないだけなんですね。その特有の観察力と感受性が衝動的に体を動かすのを見て、大人はそれを子供というのかもしれませんが、その感受性と観察力を鈍らせて何も行動できなくなったのが、大人と呼ぶべきなのかもしれませんね。

さて、あれから初めて祥生の部屋を整理しました。祥生の足跡のない新品の教科書の類は全部捨ててしまいました。でもその他のものは残してあるので、またいつでも遊びに来てください。大歓迎します。祥生の部屋を掃除していたら、新しいノートにほんの数行のメモがあるのを見つけました。どうしようかと迷ったのですが、あなたに宛てて書いてあったものなので、その部分だけここに転記します。原本のノートは部屋にあります。（いつかあなたが原本を見たいと言って、また遊びに来てくれることを期待して、あえてそれは祥生の部屋に置いておきます）

「篤へ　ボクたちは『いま』会えないだけです。ボクたちは特に強い意識で繋がっています。有村さんも。だから心配御無用。体は単なる魂の入れ物。誰が何と言おうと、意識の中の出来事は現実そのものです。意識の中には時間はないから。だから、意識は無限に成長できるんだ。すぐに反応してしまう過去の影響を受ける潜在意識ではダメなんだ。ボクらは魂の永遠の冒険をしているんだよ。またいつか会おうぜ！」

以上です。

一年後に日本に帰ってくる時にはまたお知らせしますが、その前に一度返信してね。

Eメールで構いません。私のメールアドレスを添えておきます。

敬具』

「意識は無限に成長できる…」

篤はもう一度意識について考察した。感情はポジティブに、またネガティブに揺れ動いた。

『夢の中で書いたレポートを思い出したことで、夢の中での出来事の殆どが記憶にしっかりと焼き付けられたように、いつでも思い出せるようになった。もちろん現実の出来事として。この夢の中の出来事があったからこそ今の自分がある。成長した自分がいる。そうすると今の自分は、試合で怪我をして再起に向けリハビリをしてる現役のアスリートだ』

『そして夢の中で訪ねてきた翔くんの父親とヒカルちゃんの恋人を探したことで、彼らの願いを叶えることができた。これは現実に起きた奇跡だ』

『僕は大学に入って本当に成長したのか？　成長とは一体何だ？　もし、このやせ細った体を見た誰かが、成長した証を示せと言ったら、何を示せば良いのだろう？　何も示すものがないと答えるしかないのか？』

『いや、違う。その誰かにブリキ軍団の話をしてやろう。ブリキ軍団が金や銀やプラチナでできたエリート軍団に一刺しするために、どんな練習をすれば良いのかを教えてやればいい』

『またいつか会おうぜ？……死んだあとに再び逢えるなら、そもそも死んでないんじゃないのか？　肉体を去れば、僕らは意識だけの存在になるんじゃないのか？』

考えても切りがないこの哲学風な問いかけは、古代から哲学者を悩ませてきたのだろう。篤はリハビリを続けながら、哲学者になったように何日もかけて考え続けた末、頭に浮かび上がる様々な疑問に対する自分なりの結論を導き出した。

「幻想だ。この世の中の、何もかもが幻想だ。死も。おそらく肉体的な死は、死という概念に対する勝利の瞬間であり、幻想から抜け出せた栄冠だ。なぜなら、死も幻想の一部でしかないからだ！」

篤は病院のベッドの中で自分に言い聞かせるように同じことを何度も考えた。

一三

篤が目覚めてから三ヶ月が経とうとしていた。彼はアスリート並みの精神力で、六ヶ月以上必要だと言われたリハビリ期間を三ヶ月程度で仕上げてみせた。

中西は篤の退院の前日、彼の病室を訪れた。

「随分長い間眠り続ける柳田さんを看ていたはずなのに、目が覚めてからはあっという間に退院ね。良かったわ…」

「中西さんには本当にお世話に、いえ、ご迷惑をおかけしました。正直、有村が中西さんの妹だったなんて、不思議過ぎて何だか仕組まれているみたいに考えてしまいます」

「私も祥生くんの書いたノートを読んで、卒倒しそうなほど驚いたわ。…実はね、翔くんの奇跡とヒカルちゃんの奇跡の驚きと同じくらいに、大きな嫉妬というのか妬みのような気持ちが、私の心のなかに広がっていくのが見えたの。……なんて言えばいいのか……二人の喜ばしい奇跡とは対照的に、心の底に溜まるヘドロのようなものを感じたの。それが良いものではないことはわかっていたんだけども、どうしようもなく出てくるヘドロをどう処理していいかわからず、ずっと葛藤していたんだと思う」

「それは、今は消えたということですか？」

「そうね、祥生くんのノートを読んでショックを受けて…柳田さんに妹のことを話しておかなければならないと思った時に、うまく処理できたのかもしれないわね」

中西は言葉に詰まりながら、言葉を選ぶようにして話し続けた。

「ヘドロの正体は明確で、それはみんなに奇跡が起きたのに、どうして未夢には起きなかったのかということだったの。みんな同じように意識不明なのに、柳田さんも目を覚まし、翔くんも目を覚まし、そしてヒカルちゃんも目を覚ました。それなのにどうして未夢だけ目を覚まさなかったのって…、ベッドの中で泣いたの…」

「そうだったんですね…僕は何も知らないで、何もかも中西さんに頼んで……本当にごめんなさい…」

「ううん…あなたのことを悪くなんか思ってないから」

「でも僕は、無神経に中西さんに…」

「ううん、何も問題ないの。最後まで話していい？」

篤は黙って頷いた。

「あなたもそうだったけど、私も祥生くんのノートを読んでショックを受けたわ。まず未夢の苦しみが単なる肉体的な苦しみではなく、自分の存在意義を問う根本的な意識の苦しみを抱えていたことにショックを受けたわ。意識不明でも、脳がだめになっていても意識は端然と働いているのね。未夢は夢枕に現れた時もそんなことは言わなかったから…。先日見せてくれた川友さんの手紙から、川友さんも息子さんの書いたノートを読んで今までの考えを改めたようなことが書いてあったけど、そのこともよくわかる気がするの。祥生くんの特殊な能力やあの信じられない計画は、あなたの記憶と完全に合致するなんて、それこそ奇跡としか言いようがないわ。その計画に未夢が参加することで…、未夢の人生が……できるはずのない大学生活を……一生懸命楽しんで……」

中西は言葉に詰まり泣き崩れた。篤もじっと堪えるように聞いていた。

「……すごいね、意識って……その世界で、みんな繋がることができるなんて……」

中西はもう一度泣くと大きく息を吐いて、顔を上げて笑った。

「ありがとう。あなたのお陰で何もかもがスッキリしたわ。本当のことを言うと、翔くんに会いに行った時も橋下さんに会いに行った時も、『自分は看護師失格ね』って自己嫌悪したんだけど、あなたを見ていたら、昔、夫と知り合った時のことを思い出したの。彼も一途なスポーツマンというイメージ通りの人だったわ。今もだけど。でもどこか子供なのよ。それが川友さんの手紙に書いてある子供ね。あなたも同じような雰囲気がある。子供の雰囲気が」

子供という言葉を妙に連呼する中西の言葉に、篤はどう反応していいのかわからず、照れるべきなのか少し腹をたてるべきなのか、取り繕えないまま下を向いていた。

一四

翌朝、迎えに来てくれた両親と一緒に篤は退院した。

東京駅から北陸新幹線『かがやき』に乗ると二時間で富山駅に到着した。北陸特有の梅雨の蒸し暑さに不快感を顔に出す両親の姿を見ていると、何度も、何十回もこの路線で見舞いに来てくれた二人に涙がこぼれそうになった。おぼつかない足を引き摺るように駅を出ると、富山駅の北口と南口が繋がっていた。

「びっくりしたろ？　最近繋がったんだ。だから今日はわざわざ北口に車を駐《と》めたんだ」

新しくなった富山駅はどこか他の地方の感じの良い駅のように新鮮に見えた。そして父のプリウスの後部座席に乗り込んだ。エンジンスタートボタンを押してもエンジンは掛からず、リチウムイオンバッテリーが静かに車を動かし始めた。駅北駐車場を出て富山八尾線方面に向かう。信号待ちで父が地図を表示しているカーナビを操作してFM放送のスイッチを入れた。

『…さあ続いてはリスナーさんからのクイズです。いつもありがとうございます、ラジオネームユメッチさんから。Aさんが脳腫瘍になり助かるには脳移植しかありません。その時ちょうど交通事故で亡くなったBさんの脳を移植できることになりました。さて、無事手術が成功しBさんの脳がAさんに移植されました。麻酔から目覚めたこの方は、自分はAだというのかそれともBだというのでしょうか？』

「どっち？」

篤が急かすように両親に聞いた。

「なにが？」

「このラジオの質問だよ」

「えっ？　ほら、もう一度いうから聞いてみて」

「………ん～、トンチ？」

「さあ、Aさんじゃ……でも脳がBさんのだから答えはBかな？　ん～？……」

車が鉄道高架橋の下に入ったところで渋滞して動かなくなった。高架橋の上を電車が走ってきた。

ガー　ゴトン、ゴトン　ガー　ゴトン、ゴトン……

しばらくしてようやく渋滞の列が動き出した。

『さあ、続いてのコーナーです……』

篤は声を上げて笑い出した。

「ワッハッハッハッハー」

「まあ、何？　どうしたの、急に！　びっくりするわ～」

　ほどなく自宅に到着した篤は荷物の中から取り出した衣類を洗濯機に放り込んだ。

「布団は昨日きれいにしておいたから。部屋は掃除機をかけておいたけど荷物はそのままよ。自分で整理してね」

　久しぶりに見る部屋は当時のままで、篤は当時のようにベッドにひっくり返ってみると、母が洗濯して天日干しした布団が厚みを蓄えたまま篤の体を包み込み、日光の良い匂いが漂った。そして病院でのいろいろな出来事がまた頭の中に浮かんできた。


　やがて、いつの間にか辺りは暗くなり一階に下りようと起き上がった篤は、あの日手にしたサバイバルナイフを思い出した。椅子に座り、勉強机の抽斗を開けて奥に手を伸ばしてみた。そこには黒いケースに入ったあのサバイバルナイフがあった。

「……物置にでも仕舞っとくか」

　そう呟いてからナイフを持ってそっと階段を下りると、誰にも見られないように静かに玄関から外へと出た。隣の家との間にある隙間を通って奥にある薄暗い物置へと入る。スチール製ラックの棚に置いてある大型の工具箱を取り出して中を開くと、その中にサバイバルナイフを仕舞った。

ゲコッ
ガコッ　ゲコッ
ゲコッ　ガコッ　ゲコッ……

一匹のカエルが鳴き始めると、次第に鳴き声に参加するカエルが増え始め、瞬く間にカエルの大合唱が始まった。東京では聞くことのなかったカエルの声に誘われるように、物置の反対側のドアをそっと開けて裏庭へと出た。

ガチャ　ギ〜

日が沈み深く青みがかった空と、一面に広がる幼穂《ようすい》期の稲が揺れる田んぼに、無数のホタルが乱舞していた。

「……ホタル…」

あの日見たホタルの何十倍ものたくさんのホタルが、空と稲の間を舞っていた。その瞬間、あの日進学を決めた時から今までの出来事が一瞬で頭の中を駆け巡ると、目からは熱い涙が幾筋も流れ落ちてきた。

「祥生、君のお陰で、僕は自殺なんかしないでここに戻ってきたよ。君が書いたノートのお陰で、何もかもがわかった。これが君の計画だったということも。君がもういないというのを知ってショックだったけど、今ではもうだいぶ気持ちも落ち着いてきた。ありがとう。まだすべてを受け止めきれないけど、君のいう意識の繋がりは、僕の夢が証明している。君が特殊な能力を持って生まれたのに、短命で終わってしまう理由がわからず苦悩していたこと、そして有村が何もできないまま人生を終えなければならないことを知って悲嘆していたこと、君の苦悩や有村の悲嘆が僕を矯正することで救われるなんて……、君のノートを読んだ時、正直僕は君たちに裏切られたような気がしたんだ。君たちの満足と引き換えに、僕は君たち二人の死を受け入れなければならないことになるんだよ！　それが一体どんな残酷なことなのか…、わかるかい？　祥生が僕に教えたいこと、伝えたいことはわかった。少なくとも頭では理解した。そこまでは、端然と、理解できた……。ありがとう、祥生。でも、有村。君には一つ言いたいことがあるんだ。どうして、どうしてあの時、僕にキスをした？　僕はレポートの中で君に……あと一年しかないと、せっかく出会えて、生まれてはじめての友達にあとたった一年でお別れすることになるのかなって思ったら、泣けてきたんだよ。ずっと僕に寄り添って僕をサポートしてくれた君は、僕にとってかけがえのない友達で一生付き合うことができると思っていたんだ。なのに、なのにどうしてあの時、僕にキスなんかしたんだ？　祥生のノートを読んで、消えそうになっていた君の